HISPANIC TEXTS
general editor Peter Beardsell
Department of Hispanic Studies, University of Sheffield

Réquiem por un campesino español

HISPANIC TEXTS

general editor Peter Beardsell

series previously edited by Herbert Ramsden

series advisers
Spanish literature: Dr Jeremy Lawrance
  Department of Spanish and Portuguese Studies, University of Manchester
Latin American literature: Dr Giovanni Pontiero
  Department of Spanish and Portuguese Studies, University of Manchester

Manchester Hispanic Texts provide important and attractive material in editions with an introduction, notes and vocabulary, and are suitable both for advanced study in schools, colleges and higher education and for use by the general reader. Continuing the tradition established by the previous Spanish Texts, the series combines a high standard of scholarship with practical linguistic assistance for English speakers. It aims to respond to recent changes in the kind of text selected for study, or chosen as background reading to support the acquisition of foreign languages, and places an emphasis on modern texts which not only deserve attention in their own right but contribute to a fuller understanding of the societies in which they were written. While many of these works are regarded as modern classics, others are included for their suitability as useful and enjoyable reading material, and may contain colloquial and journalistic as well as literary Spanish. The series will also give fuller representation to the increasing literary, political and economic importance of Latin America.

Also available

La vida de Lazarillo de Tormes

García Lorca *Bodas de sangre*
— *La casa de Bernarda Alba*
— *Romancero gitano*

García Márquez *El coronel no tiene quien le escriba*

Unamuno *San Manuel Bueno, mártir* and *La novela de don Sandalio*

Ramón J. Sender

Réquiem por un campesino español

edited with introduction, notes and vocabulary by

Patricia McDermott

Senior Lecturer in Spanish in the University of Leeds

Manchester University Press

Manchester and New York

distributed exclusively in the USA and Canada by St. Martin's Press

Published by Manchester University Press
Oxford Road, Manchester M13 9PL, UK
and Room 400, 175 Fifth Avenue, New York, NY 10010, USA

Distributed exclusively in the USA and Canada
by St. Martin's Press, Inc., 175 Fifth Avenue, New York, NY 10010, USA

British Library cataloguing-in-publication data
A catalogue record for this book is available from the British Library

Library of Congress cataloging-in-publication data
Sender, Ramón José, 1901–
    Réquiem por un campesino español/ Ramón J. Sender; edited with
    introduction, notes and vocabulary by Patricia McDermott.
        p.   cm. — (Hispanic texts)
    ISBN 0-7190-3221-0 (hardback). — ISBN 0-7190-3222-9 (pbk.)
    I. McDermott, Patricia, 1941–. II. Title. III. Series.
    PQ6635.E65R4   1992
    863'.62—dc20   91-30364

ISBN 0 7190 3221-0 *hardback*
        0 7190 3222-9 *paperback*

PQ
6635
E65
R4
1992

Typeset in Times
by Koinonia Ltd, Manchester
Printed in Great Britain
by Bell & Bain Limited, Glasgow

Contents

Preface

Réquiem por un campesino español was first published under the title *Mosén Millán* in Colección Aquelarre (Mexico, 1953). The present text follows the first Spanish edition published by Destino (Barcelona, 1974), which bears a few minor variants, mainly in paragraph structure. It has been reprinted many times and translated into many languages and is one of the most widely read Spanish texts in the twentieth century.

This edition is aimed primarily at sixth-formers and university undergraduates and the introduction and notes have been compiled in the light of recent socio-political topic-based syllabuses and communication studies courses. The inclusion in the introduction of a substantial section on the now out-of-print *Contraataque* (1937), the wartime narrative which contains the germ of the post-war novella, is intended to provide the student with a context for the study of the process in Sender's writing inspired by the Civil War: from explicit militant propaganda penned in the heat of battle to implicit poetic parable, historical emotion recollected in the comparative tranquillity and distance of exile. It is hoped that such a juxtaposition will illuminate both the content and literary achievement of *Réquiem por un campesino español*; it is not intended to preclude other reading/interpretative strategies.

I should like to express my gratitude to Professor Herbert Ramsden, Professor Derek Gagen, Dr Ronald Cueto, Dr Peter Beardsell, Dr Anthony Trippett and past and present editors of Manchester University Press for encouragement and advice in this project.

P. McD.

Introduction

The Great Divide

Before the Civil War Sender had established his reputation as leader among the new social novelists with the publication in 1930 of *Imán*, an anti-war novel based on his own experience as a conscript soldier in Spanish Morocco (1922-24) which presented the man of the people as the historical victim of colonial imperialist violence, and the publication in 1936 of the National Prize for Literature-winner *Mr Witt en el Cantón*, a historical novel of prophetic warning in its fictional depiction of the failure of federal revolutionaries in Cartagena to win regional autonomy during the First Republic (1873). Sender learned his writer's craft as a political and cultural journalist on the editorial staff of the Liberal newspaper *El Sol* (1924–30) and in the immediate pre-war period as a freelance contributor to a variety of left-wing journals, Republican, Socialist, Anarchist and Communist. As a political activist Sender was in turn a militant Anarchist and a Communist fellow-traveller. A member of an Anarchist unit code-named Spartacus, he was briefly imprisoned in 1927 for conspiracy against the dictatorship of Primo de Rivera, an experience recorded in *O. P. (Orden Público)* (1931), and from 1930 to 1932 was a member of the national Anarchist union, the Confederación Nacional de Trabajo. That Sender was beginning to question the efficacy of Anarchist direct action, finding in the selfless heroism of the Anarchist more the stuff of the revolutionary martyr than that of the revolutionary victor, is attested to by his novel of the revolutionary workers' struggle *Siete domingos rojos* (1932), subtitled *Novela de la prerrevolución española*. On his return from a visit to the Soviet Union (1933–34) to observe the 'great experiment' of the Workers' State at first hand, Sender, believing like most left-wing visitors that he had seen the future and that it worked, began to collaborate with the Communist Party as a more efficient revolutionary organisation.

The First International had been split at the Hague Congress in 1872 by the disagreement between Marx and Bakunin over revolutionary means. They were agreed that the determinants of social change were changes in the mode of production and exchange, the economic system being the base or infrastructure of society which determined the superstructure of politics, law, ethics, religion and art, the ideology which reflected the interests of the dominant class. They agreed that change in the infra/superstructure complex could only be effected by revolution, but disagreed over the most effective way to bring about revolution: by a disciplined party (Marx) or by a spontaneous insurrection of the working class (Bakunin). The centralised Marxist model was adopted by Lenin and the Bolsheviks who successfully gained control of the Russian Revolution, creating a monolithic Communist Party–State machine which Stalin inherited. The choice as the Anarchists saw it between State or Revolution appeared to be borne out. The decentralised model of Bakunin, Libertarian Communism or Anarchism (the term coined by Proudhon) and its offshoot Anarcho-syndicalism – based on the belief that all political power should be abolished and that the ownership of industry and the land should be in the hands of self-governing worker collectives and peasant communes – found greater favour in Spain, particularly among workers in the urban centres of the North-East, Barcelona and Zaragoza, and among peasants in the South. The internal philosophical conflicts within Anarchism between collectivism and complete individual freedom, between revolutionary violence and anti-militarist pacifism, and Anarchist reluctance to be involved in any formal political or governing process, weakened the movement's ability to conduct a war and allowed the less numerous but more disciplined and single-minded Communists to outmanoeuvre them and gain back-room control of the central war effort of the Spanish Republic in 1936.

On the eve of the Civil War, in articles published in May and June 1936 in the Socialist journal *Leviatán* ('El novelista y las masas' and 'El teatro nuevo'),[1] Sender, following on from his contact with Soviet culture, introduced a new term into his critical discussion of the role of art in the service of the proletarian revolution and the relationship of the intellectual/artist to the masses: dialectical realism. Accepting the Leninist position of militant political art, dialectical or revolutionary social realism, as he defined it, was the dynamic expression of the dialectic of social history, historical material 'reality' as the Marxist saw it: the class struggle and conflict of ideologies and the ascent of the common man in the transition to a classless society. In an earlier article entitled 'La cultura española en la ilegalidad' which had appeared in August 1935 in a collective publication *Tensor*, Sender had interpreted Spanish culture since the Reconquest

[1]Reproduced by C. H. Cobb, *La cultura y el pueblo. España 1930–1939*, Barcelona, 1980, pp. 196–209 and 263–72 respectively. In a Spanish context Sender's cultural position is a counter-reply to the elitist aesthetics described by Ortega y Gasset in *La deshumanización del arte* (1925).

in terms of opposition between an orthodox Establishment culture of an anachronistically surviving feudal order and a heterodox counter-culture of progressive popular elements and dissident intellectuals, persecuted by the Inquisitor or the censor. Later (1954), in 'Ayer, hoy y pasado mañana', an article published in an Anarchist journal in exile, *Ibérica*, Sender dubbed the two Spains 'la España castrense' (the fortress Spain of the military conquerors from the Romans and the Visigoths down to Franco) and 'la España colonial' (the colonised Spain of the labouring classes, the *colonos* or tillers of the soil, who had looked for a new order under the Republic).[2] Sender was never in any doubt that the place of the bourgeois intellectual/artist in history was beside the oppressed in the struggle for liberation.

In 'El novelista y las masas' Sender explained that the revolutionary artist identified with the life instinct of the ascending dynamic of the masses as a member of the human species in shared humanity, called elsewhere *hombría*, essential human nature, anonymous and eternal, fount of human solidarity and mankind's kinship with the natural world, animate and inanimate, which he opposed to the persona or individual mask, egotistical and mortal, of conventional social conditioning. In the revolutionary pre-dawn of his allegorical fantasy *La noche de las cien cabezas* (1934), after bourgeois heads have rolled in civil war, naked men erect a dolmen to the unknown man, 'el hombre sin nombre', as a monument to immortal human nature.[3] According to Sender, the identification of the artist with the masses in the collective unconscious was a gut perception or, to use his own idiosyncratic terminology, of the *ganglios* or nerve-centres, *percepción ganglionar* being a superior instinctual intelligence strong in poets, children and bees. The rational faculty of the revolutionary artist allowed him to reflect on shared manhood and to

[2]For a full discussion of Sender's theories, see P. Collard, *Ramón J. Sender en los años 1930–1936. Sus ideas sobre la relación entre literatura y sociedad*, Ghent, 1980 and M. Nonoyama, *El anarquismo en las obras de R. J. Sender*, Madrid, 1979 (henceforth RJS).

[3]*La noche de las cien cabezas*, Madrid, 1934, pp. 194–5: 'Acordaron que siempre que alguien preguntara la razón de aquel dolmen se le explicara de palabra. Habría un viejo sentado de pie, encargado de esa misión. No contaría la historia de Pascual Florén, sino los hechos del hombre a través de Pascual Florén. Y sin citar su nombre, que había muerto. Sin hablar de la muerte, porque el hombre no muere. ... – Si pusiéramos el nombre no pasaría de ser un monumento funeral. Habríamos dejado en pie, como los burgueses, con sus cementerios y sus religiones, la superstición de la muerte. Y esto es otra cosa. Esto – añadió, señalando con un movimiento de cabeza el dolmen – es una manifestación de fe en el hombre. No en Pascual Florén, sino en ti y en mí. Somos el mismo hombre, aunque nos llamamos de otra manera. Arrastrando estas piedras aquí hemos dado a la fe en nosotros mismos un esfuerzo limpio, de hombría. Lo mejor que podíamos dar.'

translate the abstraction of human solidarity into the words of revolutionary art which he optimistically believed would be understood and acted
upon by the masses.

Sender's final article before the outbreak of war, 'El teatro nuevo', was
a programme for the theatre as a medium for the 'conscious reconstruction
of life through art' in the creation of a didactic political theatre which
would reflect social reality in all its variety and complexity in the process
of development and transformation. Significantly, it refused to toe any
party line with respect to a set artistic formula for dialectical realism,
rejecting an overt theatre of party-political propaganda as counterproduc-
tive. Sender criticised the automatic class opposition and presentation of
moralising revolutionary workers as sacrificial victims in agit-prop theatre as simplistic and often far from the truth. Closer here to Engels's
original formula of 'objective partisanship' in art in which 'the opinions
of the author remain hidden', much of this theory of subtlety was to go by
the board in the historical circumstances of the months that followed, with
the polarisation of Spain into two camps in civil war.[4]

As Sender recounts in *Contraataque*, the military uprising of 18 July
1936 trapped him on holiday in San Rafael in the Guadarrama. Believing
his wife and two infant children to be in the safe keeping of relatives,
Sender crossed the sierra to join the volunteer militia column from Madrid
defending the crucial pass of El Alto de León and was elected captain. The
news of his wife's arrest and shooting without trial on 10 October reached
him in December 1936 along with news of the similar fate which had
befallen his brother Manuel, the young Republican ex-mayor of the town,
in Huesca in the early days of the war. At the beginning of October 1936,
when the volunteer militias were merged with regular army units loyal to
the Republic to form the Mixed Brigades, Sender was appointed chief-of-
staff to the Communist commander of the First Mixed Brigade, Líster,
who had previously been in command of the Communist volunteer Fifth
Regiment, and fought on the Toledo front and in the defence of Madrid.
He was soon in dispute with Líster, who appears as Verín in the long Civil
War novel *Los cinco libros de Ariadna* (1957), which is both an anti-
Francoist and anti-Stalinist satire and a bitter indictment of the Commun-
ist misconduct of the war and its betrayal of the Spanish Republican cause

[4]See G. Steiner, 'Marxism and the Literary Critic', *Language and Silence*,
Harmondsworth, 1969, pp. 271–90. Engels wrote in a letter to Minna Kautsky
(1895): 'But I believe that the thesis must spring forth from the situation and action
itself, without being explicitly displayed. I believe that there is no compulsion for
the writer to put into the reader's hands the future historical resolution of the social
conflicts he is depicting.'

in the interests of the broader geo-political strategy of Stalin.[5] In his 1970 interview with Marcelino Peñuelas, Sender dated his alienation from the Communists to the beginning of the war, the crunch in the failed relations coming (shades of Orwell) with their brutal repression of the anti-Stalinist revolutionary workers' party, POUM (Partido Obrero de Unificación Marxista), in mid-1937.[6] He claimed that he was subsequently on Stalin's Spanish blacklist and that on his return to Spain from a short trip to Paris to arrange the International Red Cross rescue of his children the Communists refused his request for active service with the Anarchists on the Aragonese front. Sender appears to have spent most of 1937 and 1938 on missions abroad in France, with a trip to the United States, in the propaganda service of the Republic, leaving France in March 1939 for what was to become permanent exile, first in Mexico and from 1942 until his death in 1982 in the United States.

The involuntary exile of defeat was particularly painful for a man with such a strong territorial sense of identity, the *ilergete* of Alto Aragón (Sender was born in Chalamera de Cinca in Huesca in 1901), and for a writer who had wished to connect with the common Spanish reader in that fourth dimension of the literary text in which the reader recreates the ideology or world-view of the author and is moved to action.[7] He had to adjust to the reality of a New World and to the loss of the Old, the land of origins with its unmarked graves of the human beings who had been most dear to him. An obsession with the ghosts of personal and national history inspired the creation of much of his post-war work, both autobiographical fictions such as the *Crónica del alba* cycle (begun in 1942) and the final books of personal memoirs and reflections – *Monte Odina*, *Album de radiografías secretas* and *Toque de queda* – published shortly before and after his death (1980, 1982 and 1985 respectively). Effectively his vital clock had stopped in 1936–39 and the Civil War was the great divide of the before and after in his life and work.

The schizoid condition of exile, the personal dialectic of the isolated self (thesis) in conflict with the 'other', the world out there (antithesis),

[5]P. Turton studies the change in Sender's stance from pro-Communist to apolitical with Anarchist sympathies in '"Los cinco libros de Ariadna": La puntilla al minotauro comunista', *RJS. In memoriam*, ed. J. C. Mainer, Zaragoza, 1983, p. 463. C. J. King, *RJS*, New York, 1974, p. 23 records the award of the Military Cross of Merit to Sender.

[6]M. C. Peñuelas, *Conversaciones con RJS*, Madrid, 1970, pp. 94–5. (All subsequent page references to this volume appear in brackets in the text.) For the complex relationships of the Left, see S. G. Payne, *The Spanish Revolution*, London, 1970, particularly 'Internal Politics of the Spanish People's Republic', pp. 277–313.

[7]For Sender's concept of a literary fourth dimension, see Collard, *RJS en los años 1930–1936*, pp. 113–14.

was resolved in the saving, healing synthesis of the work of art (Peñuelas, pp. 269–74), much of which, as in the case of Mosén Millán, is the contemplation of an absence in the memory of self-confession. Sender had ceased to be an actor on home ground to become a spectator in a foreign field and he recognised the consequent change of focus in his work: 'Dejé de escribir una literatura de combate inmediato para escribir una literatura, por decirlo de un modo un poco absurdo, de iluminación' (Peñuelas, p. 91). The Marxist god of history which had inspired his prewar literature of revolutionary political commitment had failed, but not the belief in the justice of the cause for which he had fought: the rights of man. The fourth dimension of his post-war work aimed to move the reader to understanding of that cause and of the human condition, to promote compassion, not praxis. Increasingly his post-war work became a quest for the god of nature, Absolute Reality, through a religion of universal man, his own personal Christ. The transcendental Sender, with his mystical humanism, proclaiming himself a Christian Anarchist,[8] proved to be a disappointment to some among the emerging radically politicised generation who came to greet the legendary revolutionary writer on the long-awaited return visit to Spain in 1974, after the remaining publication ban on books such as *Réquiem por un campesino español* was finally lifted. He did not take up residence in Spain after Franco's death and did not wish to be buried there. On his death, his ashes were scattered in the Pacific Ocean, symbolic of his reintegration into the Great Unconscious.

Contraataque

A propaganda counter-attack

There are two main ways in which the writer connects with contemporary historical reality: the documentary reportage of external events which, if reported from the point of view of a particular ideology, begets propaganda, or the extraction of a permanent value from the historical anecdote, a universal message which transcends time.[9] Both aspects, reportage and poetic allegory, are to be found in Sender's pre-war novels, even in his most documentary work, *Viaje a la aldea del crimen* (1934), an exposé of the massacre of Anarchist peasants who had taken over land in Casas Viejas (1933) as evidence, in his view, of the democratic Second Republic's betrayal of the revolutionary aspirations of the people and alliance with the old feudal order. Both aspects are also to be found in the work that marked the climax of Sender's militant engagement in Spain, *Contra-*

[8]See L. C. Watts's, *Veintiún días con Sender en España*, Barcelona, 1976, p. 14.
[9]J. L. Ponce de Léon studies the history/novel relationship with references to Sender *passim*, *La novela española de la guerra civil*, Madrid, 1971.

ataque, his only wartime book in which, given the circumstances of its composition in the propaganda service of the Republic, the former aspect inevitably dominates. In the post-war novel *Réquiem por un campesino español*, a work of retrospective reflection which filters those same historical experiences through longer-term memory and refracts them artistically in a more consciously refined literary form, the latter aspect is dominant.

Contraataque is a firsthand account of the author's experiences of active service in the Guadarrama, on the Toledo front and in Madrid in the first six months of the war. The book was put together during a short period of leave in France in 1937 granted partly for that purpose and partly to arrange the rescue operation of his children, and was published first in translation in that same year in France, the United States and England. The title was changed in England to *The War in Spain*, presumably to avoid any confusion, but the lost echo in the title of Siegfried Sassoon's famous First World War collection of anti-war poems, *Counter-Attack*, might have underscored the keynote message of the book: a people of peace forced to counter-attack with necessary violence in legitimate defence of a democratic republic under assault from militaristic imperialists at home and abroad. It was not published as a book in Spain until 1938 by the Communist Editorial Nuestro Pueblo and was aimed in the first instance at a readership in the non-interventionist democracies in order to stir the liberal conscience into abandoning neutrality and providing 'Arms for Spain'. As the text itself states, it was intended as a propaganda counter-attack upon the 'lies' published abroad by Nationalist propaganda against the Republic as the bogey of the Red Revolution.

Jacques Ellul, in an enlightening study of propaganda and its uses, distinguished several different categories of propaganda: *political* propaganda of parties, governments and other agencies with clearly defined political objectives which may be part of long-term strategy or short-term tactics; *sociological* propaganda which promotes the ideology of a society through its lifestyle, incorporating the masses and adapting individuals by 'persuasion from within'; *agitative* propaganda of subversion and opposition; *integrative* propaganda of conformity with the status quo; *vertical* propaganda from a leader to the masses; *horizontal* propaganda within a group of equals; *irrational* propaganda appealing to emotion and passion; *rational* propaganda of facts and statistics appealing to the intellect, information which can make an irrational impact by creating a general impression or even a myth.[10]

Sender, whose pre-war work had been agitative in opposition to the

[10]*Propaganda: The Formation of Men's Attitudes*, New York, 1973 (trans. of *Propagandes*, Paris, 1962), pp. 61–87. T. Lewis, "'L'Espoir": André Malraux and

Monarchy, the Dictatorship and even, in cases such as Casas Viejas, to the Republic, now dedicated himself to writing integrative propaganda in defence of the Republic and support of the Popular Front. It was still agitative in the sense that it was a call to arms to aid the Republic both at home and abroad and subversive in its opposition to the ideology of the other side. It was clearly political, putting across the Republican cause, but the extent to which the strictly Communist party line was internalised by Sender is not clear. A textual description of himself as belonging to no party is contradicted by an earlier statement that he is a Communist. In his introduction to the only post-war re-edition of *Contraataque* (1978), Sender claimed that what had been a denial in the original text had been turned into a declaration of party affiliation by the publisher, and that he was powerless to protest because his life was by then in danger from the Communists and the future of his children depended on his remaining alive and being allowed by the Communists to leave the country. He revealed that the title not only referred to the Republican military counter-attack but also to a personal counter-attack on charges that were being made against him. As the book becomes an increasingly overt apologia for the Communist conduct of the Loyalist war effort, both military and cultural, and the exemplary nature of their 'ascetismo de eficacia',[11] it appears to have been partly, on a personal level, an attempt to prove his loyalty to the party line. In that same introduction, 'Cuarenta años después', in which he judged the Civil War to have been bloody madness and looked forward to the bloodless advent of Socialism in Spain under a democratic monarch, Sender did say that he believed the Communists until they revealed themselves in their true colours of terror. He went on to declare his ongoing commitment as a man of the people to the cause of the people and social justice:

> Soy un hombre del pueblo y con el pueblo español y el pueblo ruso y el francés y el chino y el americano estoy, porque no reconozco naciones políticas sino zonas culturales y la mía es la aragonesa. ... Yo tuve experiencias anarquistas y comunistoides (aunque nunca admití la disciplina visigótica [i. e. Stalinist]) y sigo siendo un hombre del pueblo, que nació en una aldea agrícola y cree que no hay mejor sentido político que el intuitivo de los campesinos de cabeza

the Art of Propaganda', *"¡No pasarán!" Art, Literature and the Spanish Civil War*, ed. S. Hart, London, 1988, pp. 83–105, summarises five types of propaganda distinguished by M. Balfour (*Propaganda in War 1939–1945*, London, 1979): false statements made in the belief that they are true; deliberate lies; *suggestio falsi* (misinformation); *suppressio veri* (withholding information); slanting the news. For a comprehensive overview see A. P. Foulkes, *Literature and Propaganda*, London and New York, 1983.

[11]*Contraataque*, Madrid-Barcelona, 1938, p. 226. (All subsequent page references in brackets in the text are to this edition.)

clara: el rico menos rico y el pobre menos pobre hasta llegar algún día a una verdadera comunidad de ambiciones, necesidades e intereses.[12]

Propaganda Pro Republica

The exhortation in *Contraataque* to the Anarchists to accept the discipline of Popular Front unity in the common cause of winning the fight against Fascism was a call evidently heeded by Sender himself. The Anarchists, who are given a very uneven-handed treatment by the author in the text, wanted to 'win the war and make the revolution at the same time'. Communist strategy was to 'win the war first and make the revolution later', but the main plank of its external propaganda was the defence of a liberal democratic Republic. At several points in the text Sender is at pains to allay foreign liberal fears that they are fighting to impose either the dictatorship of the proletariat or Libertarian Communism, and when he describes a collective in a village with a Socialist mayor he makes it clear that this is with the consent of all the parties in the village, a kind of Popular Front in miniature. He does, however, implicitly identify the two Spains in contention in the historical dialectic in class terms: the Spain of the people, workers and peasants, and the Spain of the feudal–capitalist alliance of Church, army, aristocracy and banks. This simplistic reduction, which ignores peasant support for the Nationalists in some areas and the loyalty to the Republic of sectors of the armed forces and clergy, is continually abstracted into the Manichaean opposition of progress v. reaction, law v. crime, civilisation v. barbarity, nature v. the machine, life v. death, humanity v. the Beast (in the increasingly apocalyptic language of the representation of the battle of Madrid the beast becomes capitalised).

Much of this is a mirror image of Nationalist propaganda, as witness José María Pemán's war epic *Poema de la Bestia y el Angel* (1938), in which the Beast is Republican Spain. Both sides presented themselves in the propaganda war as 'angels', defenders of the true Spain against internal treachery and international conspiracy (the crime of Fascist or Communist takeover), as champions of civilisation and culture, the fate of the Western world hanging in the balance of their victory or defeat. In *Contraataque* the war in Spain is presented as the first decisive round in the international war between Fascism and, not Communism, but Social Democracy. Both sides played up foreign intervention and atrocities on the other side, while playing down the extent of such activities on their own, embroidering, contradicting, suppressing facts, creating and destroying myths. In *Contraataque* Franco is not a 'giant of history' but a man of straw, the puppet of the Axis Powers, and the Republican militiaman stands up to the Capronis, Junkers and Heinkels armed only with a

[12]*Contraataque*, Salamanca, 1978, pp. 15–16.

9

rifle and a spirited slogan: '¡Viva la España popular! ¡Viva la España eterna!'(p. 139). When the desperately awaited war material arrives in Madrid from the Soviet Union, its origin is obliquely acknowledged and Russian planes are always referred to by their Spanish nickname, *chatos*. Similarly, the role of the International Brigades who bear witness to the universality of the Republican cause is underplayed in the defence of Madrid to enhance the role of the native resistance which, in line with Communist propaganda for internal consumption, is linked (selectively) to the people's resistance against Napoleon in 1808 with references to Goya's pictorial icons of the War of Independence.

The anonymous people and their militias emerge as the collective hero of a horizontal propaganda which is opposed to the vertical propaganda of the Caudillo Franco. Behind the lines in the Guadarrama near the Royal Monastery of El Escorial, the monument of Imperial Catholic Spain, a Madrid worker pays tribute to a local peasant hero whose burial is the first civil burial without a priest in the village's history:

> – Ha caído uno de los nuestros, un campesino, un luchador antifascista. Yo, que soy, como casi todos los milicianos que están presentes, obrero de la ciudad, quiero deciros que no debemos llorar a este hermano, sino correr a ocupar el puesto que ha dejado abierto en nuestras filas. Junto a este cadáver, cuya gloria hoy llena de orgullo a los campesinos de Collado, nosotros, los obreros de la ciudad, os invitamos, camaradas campesinos, a juramentarnos para seguir luchando juntos hasta el fin por nuestras libertades. (p. 73)

When military leaders are named, apart from Miaja, the regular army general left behind in the government's retreat to Valencia and the official hero of Madrid, they are the new volunteer breed typified by the archetypally named Communist 'El Campesino' (rather than the Anarchist Durruti), and Sender pronounces his historical verdict: 'El "Campesino" será un gran recuerdo típico en la historia de nuestra guerra' (p. 251).

The cruelty of Communist 'iron discipline', such as the shooting of deserters and political prisoners, is left out of the picture of bravery and altruism as the humanitarian life instinct of the people, *hombría* and *convivencia*, is opposed to the ruthless totalitarian will to victory of the Fascist enemy with his cult of *personalidad* and *poder*. The evidence of Nationalist terror and violence mounts and climaxes in the undoubted horror of the saturation bombing of civilian targets in Madrid, the first experience of modern 'total' war. Also included are reported atrocities such as the sadistic psychological torture of condemned peasants by Falangists in the province of Córdoba:

> Los siete días que la aldea estuvo en poder de los rebeldes, éstos sembraron la desolación. No había una sola casa de campesinos donde no hubiera sido

asesinado un pariente. Los directivos del sindicato fueron conducidos a pie al cementerio, donde se les obligó a cavar su propia fosa. Mientras lo hacían, los señoritos de Falange les gastaban bromas monstruosas: '¿No decís que la tierra es para el que la trabaja? Ya ves como te sales con la tuya. Esa tierra que cavas la vas a tener encima hasta el juicio final.' Otros les advertían: 'No ahondes tanto, que para enterrar a un perro ya vale.' (p. 108)

But the anecdote of the rape of a mother and the blinding of her child by a Moorish mercenary in that same village smacks of the propaganda myth designed to confirm the cruel reputation of the Moor and demolish the Nationalist myth of the war as a Christian 'Crusade'.

Wartime propaganda is most obviously engaged in a double game of destroying the myths of the enemy while creating morale-boosting myths for the home side. Glorification of heroism balances lamentation for suffering and death. The cult of the dead hero whose blood sacrifice ensures the future is a shared cult, but the Falangist vision is a vertical one ('Por el Imperio hacia Dios') and the anthem 'Cara al sol' guarantees the modern *conquistador* an immortal post among the stars, while the Communist vision is horizontal and earth-bound, guaranteeing the man of the land an eternal blood-bond with nature. The Nationalist hero dies for the fatherland ('Pro Patria'), a masculine hierarchical ideal, while the Republican dies for the motherland (Miguel Hernández's 'Madre España'), a feminine fraternal reality. The author contemplates the body of a fallen comrade:

Había caído boca abajo, y con las manos crispadas había arañado el suelo. En las uñas, entre los dedos, apretaba la tierra frenéticamente. Tenía los ojos abiertos, y la última mirada fue para esa tierra de España que retenía en las manos. La tierra campesina debía mirar, a su vez, las córneas del muerto, tan blancas como las nubes a las que la tierra debía estar acostumbrada. El muerto tenía un gesto de frenesí, un gesto crispado, como si en lugar de la tierra tuviera entre sus manos el pecho joven de su novia.

¡Llévate la tierra de España entre las uñas, camarada! Es tu gloria. Para ti esa tierra. Le has entregado tu vida, pero ella también se te entrega para siempre. Será tuya en el sepulcro, pero también en el porvenir y en la Historia. Frente a esos derechos tuyos, divinos sobre la tierra, ¿qué pueden las trampas sucias y vulgares de Franco, tratando de empeñarla a los prestamistas alemanes e italianos? ¡Tuya y nuestra esa tierra de España, sazonada con tu sangre joven! La cal de esa misma tierra se disgregará para alimentar otros seres, de esqueleto erguido, que te harán vivir en su recuerdo. En cuya vida vivirás tú también. ¡Llévate la tierra de España entre las uñas, camarada, y apriétala bien! ¡Es tuya, tuya, tuya para siempre! (p. 144)

In a civil war in which opposing ideologies are expressed in a common language, the choice of terminology in the respective rhetorics is significant. Language is given a positive charge in the exultant justification of 'los nuestros' (pronouns and possessives indicating partisanship or alienation) and a negative charge in the vituperative recrimination of the enemy, personalised in Franco, collectively identified and rejected by common use of the dirty word 'Fascist'. The 'glory' of Franco is the death of the children of Madrid; the 'glory' of Madrid, Rafael Alberti's 'capital de la gloria', is their parents' resistance and fight for life. Words and phrases are often printed in italics or within inverted commas to signify their existence as discourses of propaganda outside the text with which the author is aligning himself and the reader in either identification or opposition. With respect to enemy slogans, the signs convey the intonation of sarcasm or ironical inversion, but when Sender records within inverted commas the Communist slogan 'Madrid será la tumba del fascismo'(p. 292), it is without irony.

The art of propaganda

Propaganda, like art, is an exercise in selectivity and persuasion; like art, it may be self-conscious or self-effacing. Sender presents *Contraataque* as a hurriedly written war memoir, written without art, an eye-witness account of history in the making, the guarantee of its veracity. But the 'I-witness' is a subjective partial informant and interpreter, he is at once observer, actor–hero and myth-maker, and Sender's report is far from lacking in literary composition. J. B. Romeiser, in an analysis of the Civil War reporting of Louis Delaprée, distinguishes between the factual discourse of objective journalism: the neutral, dispassionate recording of verifiable facts and events for information and documentation, and the fictive discourse of subjective journalism: the passionate attempt to penetrate the surface of events and convey the essential truth, for example, the tragedy of war, through rhetorical devices associated with prose fiction and poetry, particularly the symbolic mode. Here he makes a distinction between sincerity of expression in subjective journalism and deliberate bias which leads to distortion.[13] Judged by this touchstone, *Contraataque*, which is not a novel,[14] is closer to the fictive discourse of subjective journalism, a book in which it is possible to detect both the gross distor-

[13]'The Limits of Objective War Reporting: Louis Delaprée and *Paris-Soir*', *Red Flags, Black Flags: Critical Essays on the Literature of the Spanish Civil War*, ed. J. B. Romeiser, Madrid, 1982, pp. 133–56. Delaprée was a source used by Malraux in *L'Espoir*. J. P. Ressot, 'De Sender à Malraux', *RJS. In memoriam*, pp. 333–41, detects another source in *Contraataque* and judges the fictional 'lie' of *L'Espoir* to be superior to the 'realist aberration' of Sender's book.

[14]G. Thomas, *The Novel of the Spanish Civil War (1936–1975)*, Cambridge, 1990, p. 63, n. 71, judges *Contraataque* to be a hybrid genre, using novelistic techniques on autobiographical material.

tion of political *parti pris* in which truth is the 'first casualty' and the sober truth of personal experience and conviction which reveals the pity of war.

At the very centre of the book is an elegaic meditation on the pornography of violence of war, on the statistics of death – the mythical number of one million dead appearing already in 1937 – and the cost in human lives of victory:

> ¡Qué larga iba siendo la guerra! ¡Qué frío el aire del crimen, el cierzo de Salamanca, de Badajoz, de Zamora, de León! No creíamos que esta guerra pudiera romper dos épocas, sino que afirmaría y tonificaría simplemente una corriente política.
> – Ya no miramos con nuestros ojos, sino con los de un millón de muertos. En el campo fascista han asesinado a más de setecientos mil. Los demás han muerto en los frentes, y un cuatro por ciento fusilados por nosotros.
> ¡Un millón de muertos!
> ¿Quién puede hablar de triunfos, después de eso, en el campo fascista? Esos pueblos áridos de Castilla, de Extremadura, donde no quedaron sino niños y viejos vestidos de luto .... Es para ir ahora mismo, de general en general, ofreciéndoles: '¿Quién quiere el triunfo? ¿Quién lo quiere?' Y para que ellos, si conservan un átomo de sentido moral, murieran de vergüenza. No han sido triunfos militares los de Franco, sino sucias orgías de verdugos. (p. 152)[15]

The bias in the breakdown of the irrational number is obvious and questionable, but the appeal to humanitarian instinct strikes a basic chord of human sympathy. At this stage it appears that the author is speaking from the point of view of all the dead, in collective altruism, and that there is no personal animus in his vilification of Franco.

A disembodied collective voice, heroic and didactic, rises from time to time in the narrative, like a voice-over in film, to philosophise on life and death, to exhort the reader to action or to strengthen his/her resolve. This explicit preaching voice dominates in the prose epic of the battle of Madrid in the final part of the book, presented as a war of the worlds of good and evil, in a great allegorical debate between the opposing ideologies that fight for supremacy in the skies over the capital. The epic voice, the voice of the first recounting of the battle deeds of heroes, choral and univocal, is the most unsubtle propagandistic technique of reader manipulation and the least persuasive from the point of view of a reader distanced

[15]Zamora is an oblique reference to his wife's death which has been reconstructed by their son Ramón Sender Barayón in *A Death in Zamora*, University of New Mexico, 1989. Salamanca recalls the confrontation between Millán Astray and Unamuno in October 1936 (which led to the latter's house-arrest and death in December), recorded a few pages earlier (p. 147). Hugh Thomas recounts this episode in *The Spanish Civil War*, Harmondsworth, 1977 (3rd ed.), pp. 501–3 and that of the massacre of Badajoz (August 1936), pp. 374–5.

in time or ideology, but presumably inspirational for a contemporary readership sharing experience and belief in the extreme situation of war.

A more subtle propaganda technique that leaves the reader with the impression that he is actively generating meaning by reading between the lines is the vivid action picture of wartime experience, appealing to senses and emotions, sketched in with little or no authorial comment, following the example of the master Goya's laconic legend to the 'Desastres de guerra', quoted in the text: 'Esto lo vi yo' (p. 280). In verbal line-drawings militiamen are depicted with the iconic quality of contemporary war-poster art, the synecdoche of blue overalls symbolising a class at war in its working clothes: '*Monos* azules, el fusil a la espalda, las granadas al cinto' (p. 82). In some prose impressions there is a wealth of intertextual artistic reference in ironic interplay: a Madrid set for a Wagnerian 'Twilight of the Gods' (Fascist unreason) evokes the memory of Goya (revolutionary Enlightenment), an Expressionist simile defamiliarises a severed head in close-up – 'como la cabeza de madera de un gabinete anatómico' – and the Romantic pathos of a description of dawn over the urban wartime waste-land which intratextually echoes an earlier scene of devastation in the sierra also carries poignant echoes of the literary voice of the assassinated 'Poeta en Nueva York', Lorca: 'Un cielo abandonado. Hacia él los árboles sin hojas, con sus ramas tronchadas, alzaban sus muñones rotos, en cada uno de los cuales pedía su plaza un miembro humano, como los de don Paco *el Sordo*' (p. 282). The aesthetic and human value of the personal poetic voice in communion with a cultural tradition outlives the purely circumstantial, while the political rhetoric of the doctrinaire public voice dies when its instrumental value ceases.

But the greatest pathos is reserved for the end, in the moving coda that records in the plainest words the reported assassination of Sender's brother and that of his wife (who was taken to a cemetery and shot after being confessed by a priest). This revelation leads to a reprise of the author's initial account of his escape from San Rafael which fills in omitted details of suppressed vital facts which had been hinted at through-out, alerting the reader to the unreliability of narrative and the submerged personal passionate *parti pris*. With Sender's personal truth finally out, on a second reading, the reader becomes aware of a circular structural pattern underlying the linear chronological development of the picaresque war narrative in which dates are omitted to generalise particular experiences. This pattern, which pivots around the central meditation on the statistics of war crime, a numbing global figure which conceals the pain of personal human tragedy, is thematic, linking clericalism and Fascist terror in continual contrast to the humanitarianism of peasant, worker and, above all, the author himself.

The narrative of Sender's active service first in the Guadarrama and finally in Madrid is framed by his intervention in saving the lives of two priests wrongly accused of being snipers. (In his Almar introduction Sender claimed to be a 'vegetarian', that is, that he never engaged in or allowed reprisals under his command, and in the text he persuades deserters to return to combat.) The last case of a priest who is converted to their cause and becomes a militiaman is introduced between two anecdotes, that of a Republican airman who crashes behind enemy lines and whose dismembered body is parachuted back over Madrid, and the final anecdote regarding the deaths of his own wife and brother. The juxtaposition without linking commentary is a most effective technique of implicit propaganda and is a literary equivalent of the 'intellectual montage' developed by the revolutionary Russian film director Eisenstein in films such as *The Battleship Potemkin*, in which the dramatic collision of juxtaposed visual images dynamically conveyed on screen the historical dialectic of class ideologies.

In the central meditation in which Sender reticently suppresses the exposure of intimate personal feeling, he states in a cryptic hint: 'este caso, generalizado, es uno de los aspectos de la guerra civil que tienen y tendrán en el recuerdo de las generaciones el primer lugar, y si he dado a la defensa de las libertades populares algunas cosas substanciales, no tengo derecho a restarle una verdad, aunque sea tan cruel' (p. 151). The final revelation of *the* crime is disclosed as an example to seal the covenant between himself and the people, the union of 'mis sentimientos íntimos y la pasión política de las masas' (p. 305). It is difficult and dangerous to speak of sincerity in writing, but this expression of solidarity in suffering appears to be the bedrock of personal truth, conviction and commitment. As an example it is a damning indictment of the pitiless ethos of terror whose contagion he fears in his future conduct in war with respect to the enemy. But he passes the humanity test when he still finds himself incapable of denouncing the hiding place of a wounded Falangist whom he succours in Madrid: the enemy and war have not succeeded in dehumanising him.

The account, necessarily open-ended as the war is still in progress, ends abruptly: 'Pronto os podré contar cómo fue el triunfo, aunque para mí, en el círculo de mis alegrías o mis dolores privados, ya no será un triunfo, sino una compensación' (p. 305). In the context of human suffering and bereavement, he eschews triumphalism in a muted affirmation of faith in final victory. But in his reflections in the text on the qualities, apart from superior material, needed to win a war, Sender had perceived a vital difference between the humanitarian life instinct of his idealised people and the ruthless death-will of their demonised enemy and had broached the unthinkable: that the irresistible force of the future might be reversed by the immovable object of the past.

Réquiem por un campesino español

History sub specie poetica

In *Contraataque*, on retreat from the only offensive attack in which he had been engaged, Sender had mused with prescience on the fate of Republican memory in the official war record if victorious Fascists should control the course and the writing of Spanish history: the scorn for the vanquished, his valiant comrades, 'expresión viva de la entraña española, del heroísmo y de la pasión civil de España' (p. 209). In the event his worst fears were realised; history in Spain was written by the victors, and a significant section of Sender's post-war work in exile was composed in vindication of the lost cause of the Spanish people and the radical intelligentsia, a literary act of remembrance, 'lest we forget'.

In his prologue to *Los cinco libros de Ariadna*, the long novel which examines the intellectual's role in the Civil War and its international ramifications and complements the purely national popular focus of *Réquiem por un campesino español*, Sender indicated the need to compensate for lost roots by going back over the past and trying to explain the inexplicable.[16] Separated in time and space from the homeland, the exiled memory distils what it perceives to be the essence of historical situations and experiences and translates them into the verisimilitudes of fictions which bear both a national and a universal message. Documentary reportage gives way to poetic symbol and allegory; Sender explained the process to Marcelino Peñuelas: 'Con la distancia las cosas se hacen símbolos, y los símbolos, alegorías funcionales y vivas' (pp. 161–2). Subjective poetic history may convey the essential human story more truthfully than ostensibly objective factual historiography; it certainly conveys it more meaningfully and more memorably.[17]

---

[16]Madrid, 1977, p. 7.

[17]In *Tres novelas teresianas*, Barcelona, 1965, pp. 92–3, Sender puts into the mouth of Don Quixote the Aristotelian distinction between poetic and historical truth: 'No es del caso ponerle sombras y buscarle defectos a la obra, ya que la poesía nunca respeta con exactitud los detalles de la historia, que el arte mayores sotilezas tiene que la verdad ordinaria, como vuesas mercedes mejor que yo saben.' In a 1975 article, 'La mejor bandera', quoted by Collard, *RJS en los años 1930–1936*, p. 173, Sender declared: 'La novela es hace tiempo – Casa Viejas no era una novela, sino tragedia viva – más testimonial que la historia, porque trata de descubrir las motivaciones secretas del inconsciente colectivo y a veces lo consigue.'

Sender's minor masterpiece, *Réquiem por un campesino español*, his most widely read and his own best-loved book, is a poetic parable which tries to cast light on both the defeat of the Spanish people's attempt under the Republic to emerge from infrahistory and control their own historical destiny and on the nature of the old order's victory. In order to illuminate the general evil of war and violence Sender universalises his parable, paradoxically, by particularising it; as he explained to Peñuelas (p. 207): 'Es el incidente entre dos personas o entre una persona y una cosa el que hace universal la violencia, más que el espectáculo de un campo de batalla o la historia de Napoleón.' Indebted to Unamuno's concept of *intrahistoria*, the eternal tradition of the people which underpins the surface events and public figures of chronological History writ large, the memory of the people in the collective unconscious which emerges in poetry, legend and myth, Sender, in a reference to his wife's death, defined his concept of *infrahistoria* as 'la realidad viva que está debajo de los hechos narrados interesadamente por los historiadores. La infrahistoria sólida y neutra. Y palpitante en los oscuros niveles de nuestro inconsciente.'[18] The change in title of the second bilingual edition destined for a wider non-Hispanic readership from *Mosén Millán* (Mexico, 1953) to the more generalised *Réquiem por un campesino español* (New York, 1960), with its echo of William Faulkner's *Requiem For A Nun* (1951), emphasised both the elegiac and the exemplary nature of the action. The death of one Spanish peasant represents the deaths of all such victims in the Civil War, including Sender's own wife and brother Manuel, and in all wars, indeed, all victims of violence everywhere 'for whom the bell tolls'. As a type of suffering humanity, the parable projects Paco as a Christ figure and enters the realm of myth.

In a Spanish national context, the identification of Paco as representative of the Spanish people with Christ ironically reversed the victorious Regime's National–Catholic mythology which presented the Civil War as a Christian Crusade against the Republican Antichrist. The literary requiem which commemorates the death of Christ in the defeat of the people inverts associations, identifying the restored Catholic military order as the Antichrist, in an alternative poetic version of Spanish history to be read against the official historiography/mythology of the triumphalist victors back home. The dual mythographic–mythoclastic process in the novel is similar to that of wartime propaganda, but the mode of writing is reflexive, not combative, and the spirit is one of aiding understanding of mutual

[18]*Monte Odina*, Zaragoza, 1980, p. 364. See Unamuno's 1895 essay, 'La tradición eterna' in *En torno al casticismo*, *Obras Completas*, Madrid, 1950, III, pp. 15–23 and his 1896 essay, 'Sobre el cultivo de la demótica', *Obras Completas*, Madrid, 1959, VII, pp. 473–92.

loss and shared tragedy and guilt in the long wait for reconciliation. [19]

A paradigm of the Spanish tragedy

The original title *Mosén Millán*, incorporating the priestly title used in Cataluña and Aragón, localised the setting of the tragedy in the north-east of Spain, located in the text on the (Aragonese) border with Cataluña near Lérida. The name of the sacred homeland is never mentioned in the text. As in the Holy Land of the Gospel narratives, selective memory creates a mythical country of the mind, based on the formative landscape of the author's childhood in Alcolea de Cinca, his *patria chica*, a lost paradise with a pre-war Anarchist presence. The unnamed fictional Aragonese village becomes the archetype of a pre-war feudal rural Spain, still using the Roman plough, unconsciously immersed in the infrahistory of local community custom, aroused to conscious political awareness of national history with the coming of the Republic and receiving its full baptism of fire in the bloodbath of the Civil War.

Sender's recreation of a rural community in pre-war Aragón does, however, bear out, in both outline and detail, the picture of such a community built up by Carmelo Lisón-Tolosana in his classic sociological study of the Aragonese town Belmonte de los Caballeros.[20] Sender's fictional synthesis provides a vivid social document of rural life in which time was immemorially measured by the cycle of the seasons and the tasks of the agricultural year, dated by reference to the feast-days of the liturgical calendar and punctuated by church bells. Reaping and threshing are in full swing by midsummer, St John's Day, the Christianisation of the summer solstice, and pagan fertility rites survive in the courtship ritual of dressing the fiancée's house with greenery. Ironically, the outbreak of war and death and the celebration of the Requiem Mass coincide with the harvesting of the wheat. The exiled mind lingers in memory over the details of the rites of passage from birth through marriage to death, slowing down the narrative and recording for posterity scenes of customs, not just for their picturesque value or in a spirit of conservation as a pure *costumbrista*, but as a moral satirist in order to reveal the underlying conflict of cultural values (natural and ecclesiastical) in the apparent syncretism of life and religion.

[19]P. Ilie, *Literature and Inner Exile. Authoritarian Spain, 1939–1975,* Baltimore–London, 1980, p. 12, commenting on the reciprocal nature of exile and loss after the war in Spain, quotes Francisco Ayala: 'for both Spains, the wandering one and the captive one, a fugitive from herself and shackled within herself, yearn reciprocally for one another, victims of the same fate'.

[20]Oxford, 1966. Sender's fictional *alter ego* remembers 'Las Pardinas de mi pueblo' in *Hipogrifo violento, Crónica del alba*, Madrid, 1971, I, p. 202.

18

The organisation of village society in reality and its fictional representation is hierarchical, the place in the hierarchy being determined by ownership of property, which in turn determines access to power and mobility and allegiance to the Church. At the top, the patrons and pillars of the Church, are the ruling families of the village oligarchy, the rich and powerful, called *pudientes* in Aragón and in the text, including here the land agent of the aristocratic absentee landlord. Set apart by a title of respect, *don* or *señor*, they are distinguished by their cultivated speech with its self-conscious (ab)use of conventional formulas of politeness in contrast to the freer tongue of the lower orders, women included, who use dialect and scatological taboo words to express their feelings, a voice and a sociolect that was silenced by the authoritarian public rhetoric of the victors and is resurrected by the text in exile. The more formal city clothes of the rich man are a cut above the corduroy trousers of the agricultural labourer, and the flower-embroidered waistcoat which the young peasant puts on over the white shirt worn on feast-days is in symbolic opposition in the text to the gold watch-chain that Don Valeriano, the Duke's agent, wears over his waistcoat, with its seals containing a curl of his dead wife's hair and a relic of Queen Isabel II's confessor inherited from his great-grandfather.

The *pudientes* are the conservative elements who see the present in relation to the Catholic Imperial past and the very names that Sender gives to the three representatives of this class both emphasise the point that they are the inheritors of *la España castrense* and set off ironical resonances in the context of National–Catholic mythology. Valeriano, who is installed as puppet-mayor by the Falangists, recalls the name not only of the third-century Christian martyr, but more pertinently of the third-century Roman emperor of that name who ordered a persecution of the Christians and unsuccessfully tried to restore order in the Empire, being defeated by the Persians and kept prisoner, chained to the Persian king and used as a stirrup for mounting his horse. Gumersindo was a ninth-century Christian martyr beheaded before the gates of the palace in Córdoba in the persecution of Abderrahman II, and Cástulo was the name of several early Christian martyrs, one beheaded in the Roman legions in Africa, another buried alive in Rome. Of more relevance to the double-crossing conduct of Señor Cástulo, the owner of the only private car in the village which is put in turn at the service of both victim and executioner, is the association with the name of the Iberian city called Cástulo which changed sides in the Punic Wars, siding first with the Romans, then with the Carthaginians, reverting finally to the winning side of Rome.[21]

[21]Ernesto Giménez Caballero, a major source of Fascist rhetoric, before the war had equated the eternal genius of Spain with that of Rome and Fascism: 'El secreto

19

The middle stratum of village society is formed by the smallholders like Paco's father who own or can rent enough land to maintain a family, working the land themselves from dawn to dusk with the aid of a team of mules and hired seasonal hands, the landless labourers who form the lower class. These are the classes who make a social confession of Catholicism but do not practise their religion apart from attending church for baptisms, first communions and marriages, occasions for establishing their place in the social hierarchy, with a show of status symbols and the conspicuous consumption of food and drink. Even the underclass of the completely dispossessed, living in caves on the margins of society, desire Christian rites at death and a decent burial. The focus on the bare feet of the dying old man, reduced to the status of a caveman, establishes a hierarchy of social injustice evidenced in the shoes men do or do not wear, with the best topboots in town worn by Don Gumersindo at the other extreme. In a community in which personal dignity is the basis of personal and social equity, in which violations of what is popularly perceived as justice are settled 'man to man' without recourse to law, once injustice is perceived by progressive elements who wish to change the present for the future, confrontation can be expected.

The cave in the novel is the epitome of the 'Black Spain' of underdevelopment and the catalyst of what Sender identified as the two crucial issues that polarised the two Spains of reaction and reform and led to civil war: the ownership of land and the role of the Church in society. Similarly, the depiction of Paco's father donning chains and walking barefoot in a penitential procession in Holy Week, the public spectacle of Black Spain as the reformers saw her, in hope of obtaining his son's miraculous release from military service, raises the key question: does man accept active responsibility for change in the organisation of society or does he passively wait for arbitrary divine intervention in the order of things? When the historical reformers had the opportunity to act, the reaction did not stand idly by, however, but intervened to preserve their economic interests in the name of God and the defence of religion.

The events that take place in the village between Paco's marriage and death are a microcosmic version of the pattern of events leading up to the Civil War, the unspecified pivotal point of historical reference, and the outcome of that national conflict of interests in the macrocosm of the

del fascismo era el secreto eterno de Roma. El Genio universo de Roma. Unico *universo* del mundo. Era una nueva *universalidad*. Una *ecumenidad*, un *nuevo Catolicismo*. Era el Genio de Cristo, de la *Eclesia* del Cristo. Genio del Cristo por el que España – *César y Dios*, *Espada y Cruz* – había vivido, penado, muerto, resucitado, generación tras generación, por siglos y siglos', *Genio de España. Exaltaciones a una resurrección nacional. Y del mundo*, Madrid, 1932, pp. 265–6.

patria grande. Sender claimed the story was 'el esquema de toda la guerra civil nuestra'(Peñuelas, p. 131). It is an outline, an artist's broad-brush impression, not a detailed factual historiographical exposition. In order to bring out the typical, even timeless, nature of events, dates and political labels are omitted, although the reader with a knowledge of Spanish history identifies the pistol-bearing *señoritos* who force the villagers to give the Roman salute and sing their political anthems as Falangists with their 'Cara al sol'. Two points of national historical reference submerged in the text do help to establish the date-zone of the parallel local story: the municipal elections (12 April 1931, that provoked the exile of Alfonso XIII and the proclamation of the Second Republic), that take place three weeks after Paco's wedding; and the cryptic reference to 'Un día del mes de julio' (18 July 1936, the day of the Nationalist military uprising in the Peninsula), which signals the withdrawal from the village of the Civil Guard to concentrate their forces, the prelude to the arrival of the bully-boys and the inauguration of their reign of terror. In effect, the Civil Guard did concentrate forces in certain centres in Aragón on report of militia columns marching in defence of Aragón from Cataluña and Falangists played a large part in the 'cleaning-up' operations, the euphemism for terror, in the Nationalist rearguard.

Within the date-zone 1931–36, the first Republican–Socialist government's attempted but largely frustrated reform of land tenure in an Agrarian Law (1932) which provided for the expropriation of the great estates (forestry and pasture exempted), without compensation in the case of grandees exercising abolished feudal rights (*bienes de señorío*), and the redistribution of the land among landless peasants either as individuals or in collectives (the Anarchist solution) according to municipal vote, is reflected in the rent strike and communal use of the Duke's hill-grazing land. The Agrarian Law was applied to the south of Spain, traditionally associated with the problem of *latifundios*, but there were many large estates belonging to absentee grandees in the provinces of Zaragoza and Huesca and sporadic instances in Aragonese villages of Anarchists taking the law into their own hands and instituting Libertarian Communism in the early 1930s.[22] The first Republican government's attempt to disestablish the Church and create a secular society – by, among other things, withdrawing the state stipend to the clergy, forbidding the public processions of Holy Week and Corpus Christi and religious funerals unless expressly requested in the deceased's will, secularising cemeteries and

[22]For a detailed study of Anarchism and the agrarian question in Aragón, see J. Casanova, *Anarquismo y revolución en la sociedad rural aragonesa 1936–1938*, Madrid, 1985, and in general, E. Malefakis, *Reforma agraria y revolución campesina en la España del siglo XX*, Barcelona, 1976.

21

imposing a tax on the tolling of church bells in some towns – finds a small echo in the new council's refusal to pay the priest for a Mass at the annual pilgrimage.[23] (It may, incidentally, help to explain the priest's mixed motives in saying the Requiem on his own initiative without a Mass fee and the continual tolling of the bells after the Fascist takeover.) There are, however, no attacks on Church property in this village, unlike the church burnings that were a feature of anticlericalism in many parts of Spain. The period of the *bienio negro* after the November 1933 elections in which the Centre–Catholic coalition government put into reverse the agrarian and religious reforms of the Left and the February 1936 elections which returned the Left-wing Popular Front are completely elided as the narrative gathers momentum, condensing years into what appear to be so many months or weeks in the countdown to the outbreak of hostilities.

In historical fact, a village in eastern Aragón near Lérida would have remained in the Republican zone until spring 1938 and would probably have been part of the revolutionary experiment of wartime collectives in that zone, but in the poetic parable it appears to be taken over immediately like Huesca itself, Zaragoza and the whole of western Aragón, and subjected to Nationalist exemplary terror over a period of weeks culminating in the death of Paco. The implied date of Paco's death and the anniversary Requiem is blurred in the text: the Mass is being said on the first anniversary of his death, and when he surrenders he is described as having a 'barba de quince días', which leads the reader to date his death at the beginning of August 1936 and the Mass in the summer of 1937. But the priest, as he prepares to say Mass, remembers Paco's wedding (1931) seven years before, which dates the Mass to 1938 and Paco's death to 1937. An unwitting slip of the author's pen or a realistic memory lapse on the part of an old man, as some have argued? A similar confusion occurs with respect to Paco's age, according to the old priest who remembers his baptism twenty-six years before (making him twenty-five) and the visit to the caves twenty-three years before at the time of his confirmation and first communion at the age of seven (making him twenty-nine). The latter age is more realistic, given his marriage and prominence in the public life of the community in 1931, but exact age or the legal age for election are not important to the spiritual reality of the hero, nor is the exact date of his death. As in the case of the Falangist leader José Antonio Primo de Rivera, shot in Alicante jail in November 1936 but whose death-cult was only publicly promulgated in November 1938, myth is more potent than historical reality. The uncertainty regarding Paco's date of death does,

[23]For a general study of the religious question, see J. M. Sánchez, *Reform and Reaction. The Politico–Religious Background of the Spanish Civil War*, Chapel Hill, 1964.

however, reflect the historical reality of unknown dates for so many victims of war crime and synthesises the fate of those like Sender's twenty-nine-year-old brother, who was shot within a week of his arrest in July 1936, and the Republican Civil Governor of Zaragoza, who was arrested in the first days of the war but shot in a local cemetery a year later in the summer of 1937. As in the Gospel narratives, historical time becomes mythical time, recording 'en aquellos días' the frustration of the fullness of time, the unnameable 'aquello', the Republic or the Revolution, by the unnameable horror of 'aquello', counter-revolutionary terror. 1936/1937/1938, the fate of the Republic and the people was sealed: the stopped watch, the bride's wedding present to the young man who had hoped to usher in a new era too fast, a guilty secret hidden away in a cupboard-drawer in the sacristy, suggesting that the priest and the Church hold the key to the Spanish tragedy.

The Priest's Tale or the tragedy of the Spanish Church

Originally, the title, which anticipates and directs meaning and interpretation, highlighted the priest, whose role as carer of souls is brought to the fore in the first words of the narrative, 'El cura'. In both the title and the ballad within the text he was 'the named one', Mosén Millán, the personal name and clerical style indicating the persona as private mask of egotistical individualism and public mask of institutional office. The Christian name Millán recalls the medieval patron saint of Castile whose supernatural intervention alongside Santiago led the Christian military–aristocratic caste to a crucial victory in the Reconquest. At the same time it conjures up the surname of the most sinister of Franco's new Crusaders, General Millán Astray, the founder of the Spanish Legion, whose battle-cry '¡Viva la muerte!' epitomised for Sender the ethos of Fascist Spain, and is recorded in the central meditation of *Contraataque*. The 'matar judíos' ritual during the ceremonies of Holy Saturday (the Jewish Sabbath) draws attention, in a reminder that is particularly poignant for the diaspora of exile, to the Church's historical collaboration in the eradication of dissent and the creation of a climate of vengeful sectarian violence. The historical continuity of the Catholic Imperial order and the Church's historical alliance with the aristocracy and the military in the establishment and restoration of that order is summed up in the name Millán, and symbolised by the greasy patch on the sacristy wall formed by the priest's head over half a century as, seated in his chair with his hands crossed, he mechanically recites his daily office in the 'divinas palabras' of the liturgical language, Latin, the dead language of a dead empire, incomprehensible to his parishioners. As he revealed to Peñuelas, the priest represented for Sender 'la inercia de la historia y el peso de aquella inercia' (p. 131).

23

When the external historical going gets tough or problematical, the priest retreats into private prayer in the refuge of his private house, the *abadía*, a term which recalls its former dependence on one of the medieval monastic foundations, whose active mission among the poor is in decline. Mosén Millán is trapped, like the grasshopper whose silent agony is witnessed through his window, by the persona of a historical institution which has sought earthly power by opting for the rich, the hypocrite who wears the mask of caring for his parishioners' eternal souls while taking care of his own temporal body. He puts the Blessed Sacrament, the Body of Christ in the bread of heaven, on permanent exposition in the church, while the Falangists litter the countryside with unburied bodies, and protests that the dead have been denied the opportunity of a last confession. It is the priest's concern to save his own skin which leads him to betray and lose the real presence of the body of Christ which he fails to recognise in Paco and the people.

Mosén Millán's conscious other-worldly concern for eternal salvation proclaims the message of St John's Gospel: 'My Kingdom is not of this world' (18: 36), but limits the great commandment of charity to love of God. He does not understand the message of St Matthew's Gospel, which is introduced as an ironical intertext in the priest's self-reference to being of the biblical age when salt loses its flavour, that the Kingdom of God begins in this world in the love of neighbour as of self and in the ministry of the corporal works of mercy to the least of the brethren.[24] He fails the crucial test of the cave episode in his perfunctory performance of the last rites and haste to be gone, in his evasive replies to the child Paco's questions regarding poverty and responsibility, propagating a fatalistic resignation to the mystery of God's ways and acceptance of poverty and suffering which are perceived as worse elsewhere, and in his refusal to allow the child to seek practical aid in his name.

Mosén Millán recognises the significance of the experience in Paco's action as a man and is bemused by the fact that he introduced the boy to the caves, but recognises no error of judgement in his own conduct. When he confronts Paco on behalf of the Civil Guard regarding the rifles Paco

[24]Matthew 5: 13: the Sermon on the Mount, immediately after the Beatitudes and before the proclamation that followers are the light of the world who shall reveal the Father through their works. In a pastoral letter issued on the eve of the 1933 elections, Cardinal Gomá urged the union of the Right in defence of religion because obligation to God was more important than to fellow-man (Sánchez, *Reform and Reaction*, pp. 199–200). In 1937 the Spanish bishops issued a joint pastoral advising Catholics to make 'an unreserved choice of the National side … on the empirical plane'. Quoted by J. Devlin, *Spanish Anticlericalism. A Study in Modern Alienation*, New York, 1966, p. 79, which includes a chapter on Sender as a 'Wrestler with Christ'.

has removed, he accuses Paco of self-deception in his vision of a village without a Civil Guard and without poor people who are forced to live in caves. When he confronts Paco on behalf of the Duke's estate-manager regarding the rent-strike, he urges caution and restraint of hot-blooded action, but his response on his own behalf before Paco to the municipal non-payment of a Mass fee, a threat to his own livelihood, is a passionate one and leads him to throw in his lot definitively with the oligarchy. He has already lost his congregation because of his silence in the pulpit with respect to the exile of the King. When the oligarchs depart, Mosén Millán remains in his post in a spirit of Christian martyrdom, but his fortitude is not put to the test under the new village order and Paco laughs at what he claims is an unjustified fear. Under the old order restored by force of arms, the priest's desire to prove his loyalty and integrity as a man, by seeking out the secret of Paco's hideout and courting interrogation, fails miserably at the first hint of a threatening Falangist pistol. Knowing that a human life may depend on his reply, but rationalising that he acts in a divine dimension of eternal salvation, he persuades himself that for love of God he cannot tell a lie and bows his head in submission.

The animal sign of submission in a hierarchy based on physical might reveals the animal instinct of fear and self-preservation in the human nature of the man of the cloth. He inhabits a material body with highly developed senses of smell and taste which luxuriate in the memory of the feasts that follow Paco's baptism and wedding.[25] The priesthood has been a meal-ticket, a way out of the poverty-trap, although he has risen no further than the rank of poor country priest whose Mass robes are frayed and whose shoes are worn and mended. It is the consideration of the cost of mending his shoes now that there is a new cobbler in the village that triggers off his memory of the baptism in which the baby's grandmother declared him to be the child's spiritual father.

A significant incident occurs after the christening which establishes an opposition between the priest (*cura*) and the village midwife and herb-wife (*curandera*) as Paco's spiritual father and mother, an opposition between Heavenly Father and Earth Mother, between patriarchal Christian collective consciousness in public life and matriarchal pagan

[25]'Del altar sale el yantar' (Spanish proverb). In *La orilla donde los locos sonríen*, *Crónica del alba*, III, p. 335, a priest explains: 'Nosotros les mantenemos a ustedes después de muertos y ustedes a nosotros nos mantienen en vida. Hay diferencia, no lo dudo. Somos más gastibles los vivos que los muertos. Pero también decimos misas en sufragio del alma, y trabajar es trabajar. Aunque las paguen sus mercedes, no es mucho el estipendio (algunas pesetas). Uno se crea necesidades según el rango y hay que hacerse respetar cuidando los menores detalles. Mi madre era una humilde lavandera y yo nací con asco y desdén por la pobreza.' Earlier in *El mancebo y los héroes*, *ibid.*, II, p. 92, the Anarchist Checa calls materialists 'gente digestiva'.

collective unconscious in private, between an ecclesiastical culture of death and a folk culture of life. Ironically, the unofficial priestess in an Iberian nature worship that predates Christianity is called Jerónima after that Father and Doctor of the Church, translator of the authorised Latin Vulgate version of the Scriptures, Jerome, whose name was taken by the Hierónymites, the Spanish Order founded specifically to pray for the Royal House of Castile. In an ironic inversion of Christian values, her natural *sapientia divina* (divine wisdom) sees further than the *docta ignorancia* (learned ignorance) of the man of the book: he reads and thinks, she feels and knows. She inherits macaronic Latin prayers against storm and flood and evil from her grandmother and places amulets against death by metal weapons (iron crosses) or painful periods (roses dried by moonlight) under the pillows of newly-christened babies. Examining the baby's private parts (called *noblezas* by the people and 'ignoble parts' in the catechism), she prophesies Paco's future sexual prowess and interprets the baby's smile as due to dreams of mother's milk. (The only other named female character in the text is Agueda, Paco's wife, whose name Agatha calls up the emblem of breasts, associated in the cult of the martyr with bells and the blessing of round loaves of bread.)[26] Railing against superstition as the work of the devil which may harm the child in the future, Mosén Millán secretly removes Jerónima's crossed nail and key from under the baby's pillow and replaces it with a scapular (most surely that of Our Lady of Carmel, placed on babies in Aragón to ensure their eternal salvation). In the light of Paco's end, the question arises: whose is the black magic and whose the white? Jerónima appears to be the fairy godmother of life and the priest the minister of death.

In his homily at the wedding in which he raises the spectre of the bridal couple's future deathbed, the priest speaks of the Church as 'la madre común', fount of temporal and eternal life, a reversal of Rousseau's identification of Nature as 'la mère commune'. But the Church is a patriarchal institution presided over by the solitary man in black and the shadows and unnatural sounds in the village church, particularly during Holy Week when it becomes a monumental tomb of Christ, are counterbalanced by the natural light and collective feminine voices of the suntrap among the rocks which is the public communal space of the old wives, a matriarchy where grandmothers cohesively groom granddaughters and Jerónima dances to the sound of the church bells. Until the last days, when the village is turned into a vast tomb and, crooning to herself in madness like an old Ophelia, she fingers the bullet-holes in the rocks of

[26]Significantly the second name heard, addressee unseen, in the text is María, the name of the Virgin Mother, signifying the withdrawal of the feminine presence.

a natural monument, a Valle de los Caídos[27] in miniature (the ironic national–historical resonance of the term *carasol* becoming all too poignantly obvious), Jerónima is associated with the spirit of joy. Jerónima is the spirit of free love and free speech, liberated by the wine of Dionysus, god of vines and fertility. She is an apolitical, natural anarchist, but the immoderation in her language and the exaggerated gossip of her bush telegraph in the *carasol* play a part in provoking the conservative reaction which leads to the destruction of the *carasol* and the death of Paco, from which, as personification of Mother Nature and the collective memory, she does not emerge unscathed. Her male counterpart is the politically aware Zapatero, his trade associated with Anarchism, who is against all governments, Monarchist and Republican, another 'cat' who is destroyed by the 'dogs' of war. He retires victorious in the mock battle of baroque insults, an inverse vernacular litany of verbal liberation and subversive humour, which he trades in a love–hate relationship with Jerónima, an ironic contrast to his bloody extinction in the political conflict. Jerónima covers the shame of his unburied body with a sheet to prevent the dogs licking his blood and retires to her house for three days, weeping in remorse like a Magdalene, and calling down retribution on herself.

In spite of the sexual innuendoes in the bawdy anticlerical songs of Jerónima and the jokes of the Zapatero, Mosén Millán lives alone and nobody calls him father except in the formula of the *confiteor*, gabbled without understanding by the farm labourer executed with Paco in the grotesque last rites in the cemetery, which bring home the obscene blasphemy of the Church's sanction of Fascist terror on condition that the condemned be given the opportunity to make a last confession and save their eternal souls. The one special affective relationship in the priest's life, his love for the child Paco, is destroyed by the misunderstanding of the other's mission and finally betrayed when he is instrumental in delivering the man up to his executioners under the false guarantee of a

[27]The monument to the fallen in the Civil War, constructed near the Royal Monastery of El Escorial between 1940 and 1959 by the forced labour of political prisoners, in which both José Antonio and Franco are now buried. The decree for the work, published on the first anniversary of the Nationalist victory, 1 April 1940, read: 'La dimensión de nuestra Cruzada, los heroicos sacrificios que la victoria encierra, y la trascendencia que ha tenido para el futuro de España esta epopeya, no pueden quedar perpetuados por los sencillos monumentos con los que suelen conmemorarse en villas y en ciudades los hechos salientes de nuestra historia y los episodios gloriosos de sus hijos. Es necesario que las piedras que se levanten tengan la grandeza de los monumentos antiguos, que desafíen al tiempo y al olvido y que constituyan lugar de meditación y de reposo en que las generaciones futuras rinden tributo de admiración a los que les legaron una España mejor' (quoted by M. Rubio Cabeza, *Diccionario de la guerra civil española*, Barcelona, 1987, II, pp. 771–2.)

B

legal trial. His last confession of Paco, addressed with the familiar formulaic *hijo*, turns into Paco's last judgement of the priest, who defends himself as a victim of deception with a plea of impotence in the face of *force majeure* and, moved to tears, with a final analogy to God the Father permitting the death of his innocent only Son. He closes his eyes in prayer to avoid the spectacle of Paco's death, but his eyes are opened and his prayer interrupted by the dying man's denunciation naming Mosén Millán as his betrayer.

A year later, with the mental bloodstains still fresh on his clothes, the priest preaches that they should all forgive and forget and prepares to say the Requiem Mass in reparation and reconciliation.[28] But the surviving people cannot forgive and forget and stay away, leaving the priest to his allies, the *pudientes* who address him as *señor cura* and offer to pay the Mass fee. The priest refuses the blood-money as this would be a tacit admission of his own guilt, just as he sends the altar-boy out of the sacristy to prevent the recitation of the ballad-extract which names and points the finger at him, although he has previously assured Don Gumersindo that he has no need to feel himself alluded to in the ballad. The priest cannot forget and every time he closes his eyes the inner eye of conscience sees Paco and the inner ear hears Paco's voice. But the man is trapped in the persona of Mosén Millán, and as he begins the Introit to the Mass, the priest consoles himself with the thought that Paco lived and died in the bosom of Holy Mother Church and that he is saying this Requiem that his enemies want to pay for for the repose and eternal salvation of his soul. The first-person singular pronoun marks the mental separation from the third-person possessive adjective relating to enemies, and indicates the priest's evasion of the moment of truth of self-discovery in a final act of self-justification through the liturgical cult.

The fate of the traitor and executioner is more tragic than that of the victim, because he has to live with his guilt and shame. The great achievement of the narrative is to place the reader in the priest's seat and shoes, sharing the all too human dilemma of the holy man as political innocent, the prisoner of his own conscience. Mosén Millán's conflict of bad faith in his private agony in the sacristy reveals the tragedy of the Spanish Church, identified with the victors and abandoned by the defeated. Through this fictional depiction of a weak human being, the Church is presented as a fallible human institution capable of error and misguided judgement, a victim of her role in Spanish history. The justice of Sender's poetic vision and indictment of the Church's betrayal of the Spanish people was vindicated in 1971 when the Spanish bishops in Joint

[28]A pastoral letter by Cardinal Gomá advocating reconciliation was prohibited by the Regime (8 August 1939). See R. Carr, *Spain 1808–1975*, Oxford, 1982, p. 701.

Assembly made a public confession of the Spanish Church's misunderstanding of her historical mission in the Civil War, demolishing at one stroke the post-war Regime's rhetoric and mythology of the Civil War as a Christian Holy War: '"Si decimos que no hemos pecado, hacemos a Dios mentiroso y su palabra ya no está en nosotros" [1: Juan 1, 10]. Así, pues, reconocemos humildemente y pedimos perdón, porque nosotros no supimos a su tiempo ser verdaderos "ministros de reconciliación" en el seno de nuestro pueblo, dividido por una guerra entre hermanos.'[29]

The Miller's Tale, or the tragedy of the Spanish people

The revised title pinpointed the role of a peasant as representative of the fallen on the vanquished side, the indefinite article, unlike the distinguishing definite article in the historical nickname of the wartime leader 'El Campesino', conveying one among many unknown deaths of anonymous human beings in the infrahistorical collective. The definitive title stands as a literary monument to the twin concepts of *hombría* and *convivencia*, epitomised by the unnamed peasant. In the little history within the text the diminutive Paco, without a surname but identified by a patronymic of ancestral occupation and local territorial location as 'el del Molino', indicates familiarity and affection within the small world of a closed community. It stands in ironic contrast to the big world outside the book in which the victors promoted the personality cult of the war leader and dictator of the peace, Generalísimo Francisco Franco, Caudillo de España 'por la gracia de Dios', as he was depicted on the new coinage. In the living presence of his memory in the absence of his death, Paco also stands as a literary counter-myth to the personality cult of the dead Falangist leader José Antonio, posthumously ennobled as a duke by Franco, '*El Ausente*' '*¡Presente!*'

Sender chose a peasant to represent the Spanish people, not only because before the war the average Spaniard was a peasant, but also because, true to his own mythology of origins, he considered the man of the land to be the authentic, essential, eternal Spaniard, not the Christian knight, 'mitad monje–mitad soldado', who was the model Spaniard of the victorious Regime. In his option for the poor and love of all things in Creation, the peasant–protagonist recalls 'Il Poverello', St Francis of Assisi, although the new doctor, who represents the scientific opposition to Jerónima and is jailed during the terror, identifies the boy as a future Francisco Cabarrús, the reforming economist of the eighteenth-century Spanish Enlightenment who had wanted to 'borrar en veinte años los

[29]J. Chao Regio, *La iglesia en el franquismo*, Madrid, 1976, pp. 199–200. Following Sender's return visit to Spain, all subsequent editions in Destinolibro have been dedicated to Jesús Vived Mairal, a post-Conciliar priest.

errores de veinte siglos'.[30] Paco as community leader wishes to create a new age of rational and economic enlightenment in harmony with nature.

At his christening, his spiritual father Mosén Millán prophesies that he will be a new Saul for Christianity when he grows up, but his natural father's ambition for his son is that he be a fine man and a good farmer. And this becomes the boy's ambition in life; not for him the traditional paths to self-advancement: 'Iglesia o mar o casa real.' He confounds the bishop, the very image of the traditional personalised God the Father, telling him that he does not want to be a priest or a soldier but a farmer like his father. The child Paquito is an adventurous extrovert and natural pacifist who removes an old revolver out of circulation in a children's game to avoid accidents, staunchly refusing to reveal its hiding place under interrogation by the priest as inquisitor, and who tries to reconcile natural enemies such as the dog and cat, both episodes ironically foreshadowing the tragic reversal in his end as a man. The baby who ate the salt at his baptism reveals precocious intelligence as a child, intuiting the natural mysteries of sex at the time that he discovers the liturgical mysteries of the Passion in Holy Week.

The key discovery (anagnorisis) in his moral education comes with his visit to the caves to assist the priest in his sacramental duties as minister of the last rites.[31] The child's innocent eye registers the destitution and abandonment of the inhabitants and the unformed mind tries to probe the social phenomenon of poverty in his ingenuous interrogation of the unprepared priest. This seminal experience occurs round about the time of his confirmation as a member of the Church Militant and his first communion as a communicating member of the Communion of Saints. He is aged seven, the traditional age of the advent of reason, which in his case is accompanied by a strong sense of natural justice, and his natural reason already leads him to the embryonic conclusion that property is theft. It is the child, not the priest, who makes the mental equation between the feet of the dying man and those he has seen on the broken crucifixes lying forgotten in the church loft. His practical concern to mobilise the charitable action of neighbours in the priest's name is deflected by Mosén Millán and sets the boy on the perilous path of social reform outside the Church. His inverse Pauline conversion from God to man in the darkness of the cave leads to a revolutionary humanist ethic.

[30]Quoted by P. Vilar, *Historia de España*, Barcelona, 1978, p. 76. Francisco is also the Christian name of the Aragonese artist Goya.

[31]Based on a similar crucial autobiographical incident revealed to Peñuelas (p. 200): '– Creo que condicionó toda mi vida. Yo tenía entonces siete años y no lo he podido olvidar. … fui desde entonces un ciudadano discrepante y una especie de escritor a contrapelo. …No necesitaba como base de la protesta ningún libro de Bakunin, ni de Marx, o de Engels, aunque los leyera más tarde. Estaba convencido desde niño.'

Paquito's prodigious physical growth is acknowledged in the male initiation rites of puberty in the village, nude bathing in the public wash-place, the communal court of the active women. This is a baptism of total immersion in natural and community life and is accompanied by an increased awareness of economic reality as it affects the community, particularly the payment of rent to the Duke for the right to use his grazing land. The possibility of military service (male violence and death), with Paco's refusal, unlike his father, to put on penitential chains to seek divine favour, is followed by courtship (female harmony and life) and Paco's first brush with the civil and military authorities, when he disobeys the ban on serenading bands and disarms the Civil Guard.

The wedding of this natural anarchist marks both his independence as an adult, setting up a new family unit, and the beginning of his public ministry as a social activist. Wine flows as at the marriage feast of Cana, but there is no need for miracles because Paco is a practical expert in viti-culture; furthermore, he is not a divine guest, but a human protagonist in the sacrament of the renewal of earthly life. September, the time of the grape harvest, is the traditional month for weddings in Aragón and the old wives comment salaciously that the nights are getting chilly, but reference to the wedding taking place three weeks before the elections dates it to March, the month of Mars. The blurring of chronology indicates the sym-bolic conflict between the god of war and Dionysus the god of life: private harmony is embedded in public discord and the sudden change (peripe-teia) in national political fortune has its repercussions in the life of family and community. Paco now has faith in politics and the younger man of action takes his father's place in the re-elections to the town council.

Paco's programme of community action is a simple one: to take the hill-grazing land back from the Duke and, with the released rents, to remedy the shameful condition of the cave-dwellers. He initiates a rent-strike while the courts decide whether the Duke's land is covered by the suppression of the *bienes de señorío*. The democratic will of the people is transmitted to the Duke who, in a telegraphed reply, makes it clear that he will not surrender in the armed protection of his private property. Paco successfully negotiates the peaceful disarming of the Duke's guards who are offered alternative employment in the irrigation service of the commu-nity and the village flocks are put out to pasture on the Duke's land. This conduct earns the approving verdict of the *carasol* that Paco is a real man.

But pride comes before a fall. In his confrontations with the priest, Paco no longer questions, he makes categorical statements about the new order,[32] and in his interview with the Duke's estate-manager who seeks

[32]On 13 October 1931 Azaña made his famous declaration in the Cortes: 'Spain is no longer Catholic' (*Reform and Reaction*, p. 122).

conciliation after consulting the priest, Paco makes the serious mistake of refusing to negotiate: 'No hay que negociar, sino bajar la cabeza.' His error of judgement (hamartia) is intransigent impatience, jumping the gun on the due process of law and interpreting the outcome in favour of the people. He questions the Duke's legal title to land given in honours by a king to a noble and held in use for 400 years in the belief that what man has made, man can unmake, and that a man of honour will accept a just law. Much to the annoyance of Don Valeriano, Paco helps himself uninvited to two glasses of wine and 'loses his head', metaphorically intoxicated with revolution, an outpouring of Dionysiac instinct which will lead to his downfall. This is not the wine of communion which seals relationships among men and Paco breaks off relations, issuing a challenge to the Duke to come and defend his rights himself with a new rifle. Dialogue between the two Spains is at an end.

When armed reaction descends on the village and reverses fortune yet again, Paco as ringleader of revolt is a marked man at the instigation of Don Valeriano. He takes to the hills with a shotgun in self-defence intending to fight to the death, but his good faith and altruistic concern for the safety of his family are played upon by the priest, whose word he still trusts, and he gives himself up without a fight to prevent further bloodshed. The supreme discovery occurs at the moment of truth before death when Paco realises he has been betrayed by the priest and asks the question why he is being killed. Even *in extremis* he is concerned with the fate of his fellow human beings and asks why innocent men are being killed. Recognising that there is no salvation and here the word is double-edged, (meaning both the immediate preservation of life and the eternal saving of the soul), he is concerned about the future of his parents and his wife who is with child. Certainties have reverted to questions and total incomprehension of the priest's concern with the repentance of sin. The reader feels the terror and shares the pity of the final discovery of the incomprehensibility of the massacre of innocents in the name of God, and the priest's failure to recognise and succour the human nature of the man and people.

Paco's self-education as a man from childhood to death is structured around the questions: why poverty? why injustice? why the violent suppression of the rights of man by men who should be brothers? He dies with a question mark hanging over the future of his wife and child and an accusation of betrayal haunting the priest, the spiritual father who abandoned him. *Réquiem por un campesino español* is an interrogative text that questions the past and the future. Paco's death illustrates what Sender described to Peñuelas as 'El problema de inadecuación de la sociedad actual en relación con el hombre. El hombre se desarrolla más deprisa que las formas de organización social. Quiero decir que la mentalidad del hombre avanza más que la acción coordinada del grupo' (p. 168). Paco, the peasant with a 'cabeza clara', dies as an individual, but in the infrahistorical collective that he represents life goes on, and in historical time the victim of Spanish history has been vindicated as Sender foresaw in his comment to Peñuelas (p. 131):

> El pueblo español es inmortal, como son todos los pueblos. Su proyección hacia el futuro es inmensa. Ya ves lo que dicen algunos que fueron hasta ayer jefes en el lado nacional. Dicen que los vencidos somos los vencedores. En un día no lejano podría ser verdad. Contra el pueblo no puede nadie. Es la vida misma defendiéndose contra las asechanzas de la enfermedad y del retroceso a la nada.

The structure of tragedy

If history is collective autobiography, then there are two versions of that national biography according to the two Spains. Sender translates 'objective partisanship' in the text of *Réquiem por un campesino español* through the subtle move of narrating the point of view of the defeated 'other' Spain, largely by relating it from the point of view of the victor. The man behind the mask of personality and power reveals the man without the mask and, in the process, reveals the hollowness of the victory and the tragedy of a divided Spain.

The foreground of the narrative dramatises the conscience of Mosén Millán, in an ironic portrait of unconscious self-betrayal in which the degree of self-awareness remains ambiguous. This interior mental drama is framed within a restricted space and time, twenty to thirty minutes in the sacristy before Mass which expand in memory back over as many years in the village community outside the church. Qualitative emotional time takes precedence over quantitative chronological time as events that took place decades before seem like only yesterday, while a century seems to have elapsed since the terrible events of the year before, and 'present' time drags in the suspense of waiting. The use of the imperfect tense for the waiting and for the evocation of memory and of memory within memory creates a sense of suspended animation, of being trapped in a time-warp. The sacristy, where the sacred vessels and liturgical vestments are kept, is an image of enclosure (the garden lies without), and the immobility of the priest in his chair indicates the paralysis of a character unable or unwilling to change his situation. The circularity of the main frame of the narrative, continually spiralling back to events or non-events in the church, a negative space, indicates the stasis of a historical dialectic which has led, not to a new synthesis, but to a putting-back of the national clock. The close-up of the greasy stain on the wall demythifies the traditionalism of the Church: it is the unglorified bodily sign of dead convention.

Within the narrative frame, in dialectical counterpoint to the priest's memory, is the memory of Paco's successor as altar-boy and witness of the last rites of his death. The boy is trying to remember the ballad that has grown up in the community recording the events surrounding that death, from the hunt with a pack of dogs to Paco's last breath rendered, significantly in the popular version, to the Lord of all Creation. The epic form, an irrational mode, used by the victors in history to reinforce the traditionalist ethos, is taken over by the losers and subverted into an underground tradition of oral folk history in which the defeated man of the people is elevated to the status of folk hero.[33] The ballad is only recited out loud once in response to a question from Don Gumersindo, who quickly silences the boy with a threat of jail, but the internalisation of authoritarian control as self-censorship of the voice of liberation is evidenced when the boy muses on the ballad's use of the word 'executed' (the point of view of the victors) for all those who had been 'assassinated' (the point of view of the defeated). The introduction of the ballad is indeed a form of interior duplication that points to the process that is going on in the text itself: the preservation of memory through the creation of an alternative poetic history that will be silenced by censorship in Spain.

Poetic licence may distort – and the altar-boy as an eye-witness corrects the account in the first remembered fragment of Paco crying on his way to the cemetery – but poetic devices – particularly the exploitation of the pathetic fallacy of sympathetic nature in shadows that flee from pursuing lights and larks which heralded a spring courtship alighting on the graveyard cross – convey the essential emotion of events and engage the listener/reader in a communion of terror and pity with the victim and the response of the people. The anonymous voice of collective memory, transmitted through the patchy memory of the altar-boy, is out of step with the solo voice of the priest's individual memory, although the priest internalises the verse of accusation as he silences its vocal transmission. The spiritual divorce of priest and people is the drama that is played out in the 'present' of the narrative, resolved in a parting of the ways as the priest goes up to the altar of God and the people stay away from church in passive resistance. The only hope for a future synthesis is the altar-boy

[33]Sender considered the ballad and other manifestations of popular culture to be the people's defence against historical violence (Peñuelas, pp. 111–12). The form which had broadcast the Christian Reconquest but considered to be the anonymous voice of the people was the most popular form among Republican poets during the war. See the collected *Romancero de la guerra de España* published by S. Salaün, Paris, 1971 and Barcelona, 1982.

who goes in and out of the sacristy and the church where he mentally recites the first fragment of the secular commemoration of Paco, the living tradition of the people, in the sanctuary itself.

The chronologically non-linear ballad fragments which record with poignant brevity Paco's suffering and death punctuate the flashbacks which chronicle in linear review and in greater detail the significant events of his life and death. The ballad fragments weave in and out as an ominous foreshadowing of the fate that awaits and point to interpretation in the dimension of myth, primarily as a Way of the Cross. The reference to the centurion in the second remembered fragment is meaningless to the boy unless it refers to the arrest of Christ during the Agony in the Garden which he has seen depicted in the tableaux of Holy Week. The reader makes the connection between the Falange and the occupation army of Imperial Rome, between Paco and a Christ eternally recrucified in oppressed peoples throughout the ages.[34] It is left to the reader to make the connection between Paco, the unnamed Mount of Olives and the close-up in the first paragraph of olive branches, symbol of peace, dessicated and disintegrating, left over from Palm Sunday, the celebration of Christ's triumphal entry into Jerusalem and the prelude to the commemoration of His Passion and Death in Holy Week. Only an Aragonese reader, however, would know the regional custom of blessing in church on that day olive branches to be placed in the wheatfields and vineyards as fertility charms which the harvesters sprinkle with a libation of wine, saying the Lord's Prayer ('Our Father') for the dead as they pass by.[35] The withered branch is dead in the sacristy that smells of incense, but the smell of burning stubble penetrates from the harvested fields outside, a nostalgic reminder of the priest's lost youth and the active life in nature of the community without the walls.

In the dramatisation in terms of myth of the conflict in a Catholic confessional society between a religious vision which denies life and a natural vision which affirms it, Sender has recourse to the three great myth systems in Western culture: Christian, Classical and Romantic or natural. As a revolutionary humanist, Paco is an ironic Christ figure;[36] as a natural

---

[34]Sender records in *Monte Odina*, pp. 206–8, his poetic tribute to his brother Manuel ('God with us') with its variant refrain: 'Que allí agoniza / con mi hermano en la guerra / el creador del cielo y de la tierra ... Que ha muerto Dios / en mi hermano caído, / el mismo Dios en Nazaret nacido ... Que el buen Dios yace / en nuestro hermano muerto, / el mismo dios de la oración del huerto ... Que ha muerto Dios, / lo mismo que mi hermano, / contra la tapia del fosal cercano.'

[35]R. del Arco y Garay, *Notas de folklore altoarogonés*, Madrid, 1943, p. 499.

[36]The Anarchists retained a veneration for the memory of Christ as a revolutionary. The Anarchist Christ-figure Checa, *El mancebo de los héroes*, p. 110, proclaims: '– Cristo era el anarquista más puro que ha conocido la historia. Los cristianos de la

man, he is associated with Dionysus, the god of wine, and all the slain gods of the corn in the old nature religions whose sacrifice renewed the life of the earth. The conflict of world-views is translated into the texture of the retrospective narration of Paco's life, which merges the partial point of view of the priest, as he reconstructs in memory Paco's spiritual life in relation to the Church according to his own ministry of the sacraments, and the omniscient point of view of the narrator, who enlarges on Paco's natural and social development as a man and incorporates the earthy choral *vox populi* of the matriarchy in the public wash-place and the *carasol*. It is a fluid narrative of multiple perspectives in which the principle of relativity of point of view undermines the authorised version of history of an absolutist National–Catholic Regime proclaiming itself to be the Way, the Truth and the Life.

The revelation of Paco's life in flashback, a perspective which, like that of the ballad, both idealises in distance and makes dramatically immediate, is equally fragmented, continually interrupted by re-entry into the time of vigil before Mass. This has the effect of presenting the life and death of the hero as a series of tableaux for meditation on their relevance to life in the present in the light of the end, as in the Joyful and Sorrowful Mysteries of the Rosary or the Stations of the Cross in the Catholic cult. It is a closed life cycle whose tragic end is intimated from the very beginning in the revised title; as in a detective mystery, it is the how and the why of the death and the responsibility for the crime that remain to be revealed. The unfolding of the mystery follows the traditional tripartite structure of folk-tales, the legends of gods and heroes, of the Gospel narratives themselves. Triple patterns appear to have a universal aesthetic appeal, symbolising the natural cycle of birth, zenith and descent, the Divinity and spiritual synthesis, the action of unity on duality,[37] a syn-thesis more often achieved in the work of art (as here) than in life.

The narration of key events and crucial moments of awareness in Paco's childhood, maturity and death most closely correspond in ironic parallel to episodes in the Christian Gospels, as witness his marriage/the marriage feast at Cana and his initiation at puberty/Christ's baptism in the Jordan. The baby's baptism corresponds to the Presentation in the Temple and the prophecies of Mosén Millán and Jerónima to the prophecies of Simeon and Anna. The text provides elliptical clues for the reader to make the connections. The indication that the christening takes place in winter

primera época eran buenos revolucionarios. ¿Sabes lo que decía San Pablo? Decía que el que no trabaja no tiene derecho a comer. Anda a repetir eso a la iglesia de San Gil en la misa de las doce, con todos los digestivos y las digestivas, vestidos de fiesta y llenos de joyas. Verás lo que te responden.'

[37]J. Cirlot, *A Dictionary of Symbols*, trans. J. Sage, London, 1962, p. 232.

when the river pebbles placed in the square for the feast of Corpus Christi are covered in frost draws the reader's attention to the association of the baby with the real presence of the Body of Christ and to the Christianisation of the rites of sun worship in the celebration of Christ's Nativity at the winter solstice, the feast of the *sol invictus* (the Unconquered Sun). The boy Paquito playing with the crucifixes in the church-loft recalls the popular legend of the Christ-child playing with the nails and wood of the Crucifixion in his foster-father's workshop. The boy's introduction at that time to events in Christ's Passion in the liturgy of Holy Week casts a dark shadow on the representation and interpretation of his end as a man: the kiss of Judas (the betrayal of the priest), the Seven Last Words from the Cross (Paco's last words to Mosén Millán which reiterate the despair of the submerged quotation, 'My God, my God, why hast thou forsaken me', Matthew 27: 46), the rending of the Veil of the Temple in two (the division of Spain).

The 'epiphany', in the Joycean sense of a 'showing forth' of meaning, occurs in the finale of Paco's story in the ghastly last rites and the massacre of innocents in the cemetery, when Paco is executed with two other peasants, a trio of deaths that most obviously recalls Calvary. The three dead peasants, none of whom are thieves, are offset in the text by the three *pudientes* who offer to pay for the Requiem and whose offer is denied three times by the priest as ironical Judas figure. (Two *duros*, silver coins in the 1930s and worth five pesetas each, offered three times, make up the mythical thirty pieces of silver.) The priest as Peter figure denies three times to watch with Paco over the body of the people and, ironically, is accompanied in his vigil by the three enemies of the people whom he neither wishes to see nor hear. The number three informs the structure of *Réquiem por un campesino español* at every level, from the patterning of episodes (Paco as a child disarms playing children, as a lad the Civil Guard and as a man the Duke's estate-keepers) to details such as the priest's reference to the three beds of birth, marriage and death, the silence of the church bells during Holy Week for three days and Jerónima shutting herself away for three days after the death of the cobbler. Repetitions and parallels point to significance in relation to the theme.

Pattern which imparts meaning and provides a frame of reference to aid interpretation is an important part of the organisation of a complex double narrative whose structure reflects a divided conscience, the divided self of Spain. The repetition of words and motifs which add weight of meaning, a traditional device of story-telling and balladmongering, also points to the underlying musical nature of the composition as in the ballad and the Requiem of the title, the underlying motif of the literary requiem. The verb *esperar*, meaning both 'to wait' and 'to hope', is repeated six times, while the keynote of remembrance is reiterated some thirty-five times in nouns of memory and verbs of remembering. The Mass which re-enacts the renewal of Eternal Life in the sacrifice of Christ and which is about to be said in memory of a secular Christ is the repeated motif of the main narrative frame which ends as the Mass begins. The Last Sacrament is the leitmotiv of the retrospective narrative which ends with the last rites in the cemetery.

Associated with Extreme Unction is the foot/shoe/wood of the Cross nexus and the annointing with chrism, the holy oil that is also used in the sacraments of Confirmation and Baptism, as the sacramental wheel turns full circle. Water is an element shared by Christian and natural sacramental rites alike (the font/wash-place) and wheat/bread and wine are symbols of the body and blood of the divine Saviour in both Christianity and the pagan fertility cults. The wine that is drunk freely in the *carasol* to celebrate Paco's wedding turns to a trail of blood and the white shirts stained with wine at that same event are stained with blood in the finale that conjures up the mental image of Goya's 'Fusilamientos del tres de mayo', as the cemetery becomes a field of blood and the bells toll.

The ringing of bells, the musical summons of the Church that appeals to the community as it broadcasts news of births, marriages and deaths, is significant in the orchestration of sound and silence in the soundtrack of the narrative. The central sound of the joyful communal celebration of the union of man and woman in traditional wedding song is framed by the tolling of funeral bells and the silent protest of the people. The metal of the bells is associated with the metal of guns and money and with the sound of men in chains in penitential processions and speaks of servitude, betrayal and death. During Holy Week the bells are changed for wooden rattles, a sound that is echoed in the death rattles of the old man dying in the cave, but in the dreadful time of mass destruction the tolling of the death knell is musically contested by the sound of the anvil being struck.

Musical counterpoint underscores the concept of dialectic that works through the narrative in a series of binary oppositions that ironically invert established Christian cultural values in favour of natural values: spirit/matter, soul/body, death/life. The pattern of the darkness/light symbolism of St John's Gospel in particular is inverted in a black and white picture in which the only notes of colour are the gold embroidery on the black Mass vestment of the priest and the green branches of the St John's Eve courtship ritual, although a (red) filter of blood colours the end of Paco's story. The contrapuntal technique of music finds a pictorial counterpart in the filmic technique of montage. Collision montage juxtaposes dramatic close-ups and long-shots, in slow motion or speeded up, in flashforward or flashback, superimposing planes of past and present to produce images in depth of the synchronicity of the past in the present of memory.

Every picture tells a story and in every picture little things mean a lot. The reader is left, without authorial comment, to interpret the signs like the child Paquito in the darkness of the cave on whose walls is projected the grotesque shadow-play of death. The scene of the old man dying on a bed of wooden planks in an environment lacking all the elements necesssary for life is juxtaposed with the scene of the darkened church in Holy Week, when a metal crucifix on a white satin cushion is placed on a ceremonial Altar of Repose for the veneration of the faithful beside an offertory tray which bears silver coins from the rich and coppers from the poor.[38] The central image of the metal cross relates back to Paco's baptism when he was wrapped in a white satin shawl and forward to his death by metal bullets. It is an aid to reader recognition both of Paco in the old man and Christ in suffering humanity unrecognised by the Church, and also of the conflict in values between natural and ecclesiastical cultures intimated in the clash between Jerónima and Mosén Millán at Paco's christening.

Of all the ways of increasing the imaginative significance of a text, condensing expression while expanding meaning, the use of symbol, common to both religion and poetry, is supreme. The realism of this short poematic novel, remarkable for its understated economy and far-reaching resonance, is a symbolic realism. The mysterious introduction of Paco's colt into the church, turning it into a stable, injects a note of magic realism into the main frame, as earlier in the retrospective narrative when Jerónima scents blood in the air and performs a dance of death in time to the anvil and the bells in acknowledgement of a primitive blood rite. The altar-boy makes a significant slip when he announces the animal as a mule, for the mule's hoof is the only material not to be rotted by the mythical Styx and is used as a fertility charm, and he intuits the hybrid as a feminine creature. Unlike the disembowelled, tongueless horse that fills the centre of Picasso's great icon of the Civil War, 'Guernica', this is a living animal, full of vitality, that runs around the church neighing joyfully. (His whinny is heard out in the square as the grasshopper silently and despairingly tries to free itself in the opening sequence, symbols perhaps of the two Spains, the Wandering abroad and the Captive at home.) As the *pudientes* try to catch him, a wrought-iron devil in the grille

[38]The lesson is spelled out explicitly in *El mancebo y los héroes*, p. 105: 'Los curas solían decir que la iglesia era el cuerpo de Cristo. La iglesia bendiciendo a los verdugos y adulando a los duques no podía ser el cuerpo de Cristo, que andaba por los caminos del mundo sin una piedra donde apoyar la cabeza. Los obispos tenían buenas almohadas de plumas en sus camas de alabastro con colchas de seda. El cuerpo de Cristo eran los hombres humildes sobre cuyas espaldas inocentes pesaba el mundo entero. Jesús había sido uno de ellos. Era Jesús un hombre inocente al que aplastaba con todo su peso ominoso la sociedad de los digestivos.'

of the Christ chapel paid for by Don Valeriano winks, and the statue of St John the Baptist, the voice crying in the wilderness preparing the way of the Lord, points to his naked feminine knee. The horse appears to represent unconscious instinct, feminine Nature, which the Church identifies with the Devil, but which natural religion would identify with Christ as a son of (wo)man and god of life. When the horse realises that the church is not his place, he accepts the open invitation of the main door opened only for the processions of the great feast-days and escapes into the sunlight of the village square, leaving the church to its darkness, the statue of St Michael with his sword raised in triumph over the dragon (the Devil/ Nature) and, lit by a flickering light in a dark corner, the baptismal font in which man is reborn out of fallen nature into the Eternal order of the Church.

The horse is also a solar symbol, the steed of the solar hero, the son as Sun, who wins his nightly battle with darkness to rise again in the morning.[39] He is the vital will to live that animates nature and his dead hero-rider Paco, like the *sol invictus*, will rise again, not in the personal resurrection of Christian Eternal Life, but in the immortality of the natural species: 'El pueblo nunca muere.' Paco's seed is ripening in his wife's womb, and the altar-boy, as living witness, takes to heart the poetic history of the collective memory which keeps Paco's memory alive in the eternal present of myth. The ambiguous possessive adjective in the final 'en su memoria' synthesises memory of Paco with the living process of the boy's memory in the present into the future. In defeat, the myth of the divine hero provides consolation and optimistic prophecy: what appears to be a closed cycle is open to the future and to the reader. The redemption of the text is in the re-creative act of reading, and it is in the dimension of myth and the archetypes of the collective unconscious that the reader approaches the poetic truth of the fiction and experiences illumination in the darkness: that self-recognition in the recognition of universal human kind in the fictional shadows of the text which justifies the act of literary creation.

[39]In *Ensayos sobre el infringimiento cristiano*, Madrid, 1975, Sender interprets Christ not as a historical reality, but as a mythical eternal sun god. He defines *infringimiento* as 'el acercamiento a la verdad a través de los mitos' (Peñuelas, p. 242).

The major novels of Ramón J. Sender

1930   *Imán*
1936   *Mr Witt en el Cantón*
1939   *El lugar del hombre*
1942   *Epitalamio del prieto Trinidad*
1947   *La esfera*
1949   *El rey y la reina*
1952   *El verdugo afable*
1953   *Mosén Millán*
1957   *Los cinco libros de Ariadna*
1958   *Emen hetan (Aquí estamos)*
1962   *La luna de los perros*
1963   *Carolus rex*
1964   *La aventura equinoccial de Lope de Aguirre*
1965–6 *Crónica del alba* (9 books in 3 vols, Book 1 with same title first
        published in 1942)
1967   *Tres novelas teresianas*
1968   *Las criaturas saturnianas*
1969   *En la vida de Ignacio Morel*
1972   *El fugitivo*
1973   *Túpac Amaru*
1974   *Las Tres Sorores*

Selected bibliography

For the most recent comprehensive bibliography see E. Espadas, 'La visión crítica de la obra de Ramón J. Sender: Ensayo bibliográfico', in *Homenaje a Ramón J. Sender*, ed. M. S. Vásquez, Newark, Delaware, 1987, pp. 227-87. The following items are listed in chronological order of first publication. In all cases the author's name has been abbreviated to RJS, *Contraataque* to *C* and *Réquiem por un campesino español* to *RCE*. (Items referred to in the notes have not been listed.)

1 J. R. Marra-López, 'Testimonio del hombre', *Narrativa española fuera de España (1939-1961)*, Madrid, 1963, pp. 342–409 [Pioneering study in post-war Spain; counterpoint of past/present in *RCE*].

2 E. Rodríguez Monegal, *Tres testigos españoles de la guerra civil*, Caracas, 1971 [Comparison of RJS's witness with that of Aub and Barea].

3 J. Rivas, *El escritor y su senda*, Mexico, 1967 [Biography through work; style; point of view of priest and pity for social entrapment].

4 F. Carrasquer, *'Imán' y la novela histórica de RJS: Primera incursión en el 'realismo mágico' senderiano*, Amsterdam, 1968 [Aragonese peasant prototype; nature of magic realism in first novel].

5 J. C. Mainer, 'La culpa y su expiación: Dos imágenes en las novelas de RJS', *Papeles de Son Armadans*, CLXI, 1969, pp. 116–32; reproduced in *RJS. In memoriam*, ed. Mainer, Zaragoza, 1983, pp. 127–35 [Guilt and confession as informing images of narrative structure, including *RCE*].

6 C. Busette, 'Religious Symbolism in Sender's *Mosén Millán*', *Romance Notes*, XI, 1970, 482–6 [Note on Paco as Christ figure].

7 J. Uceda, 'Realidad y esencias en RJS', *Revista de Occidente*, LXXXII, 1970, pp. 39-53; reproduced in *RJS. In memoriam*, pp. 113–25 [Poetic expression of quest for essential reality, including significant detail; victim–characters and lack of love in Mosén Millán].

8 F. Carenas and J. Ferrando, 'La violencia en Mosén Millán', *La sociedad española en la novela de la posguerra*, New York, 1971 pp. 43–54 [Link between economic substructure and reactionary violence].

9 M. C. Peñuelas, *La obra narrativa de RJS*, Madrid, 1971 [Tentatively classifies *RCE* as a 'realist' narrative with social implications; narrative structure and rhythm; analysis of opening as synthesis of narrative style].

10 E. Godoy Gallardo, 'Problemática y sentido de *RCE*', *Letras de Deusto*, I, 1971, pp.

63-74; reproduced in *RJS. In memoriam*, pp. 425–35 [Narrative structure in relation to theme of human condition and dignification of man; temporal dimension of horse and ballad; both protagonists as victims, 'culpables de inocencia'].

11 M. de Gogorza Fletcher, 'Sender', *The Spanish Historical Novel 1870–1970*, London, 1973, pp. 107–28; reproduced in *RJS. In memoriam*, pp. 155–75 [Social injustice and tragedy in *RCE*; obsession with theme of betrayal].

12 D. Henn, 'The priest in Sender's *RCE*', *International Fiction Review*, I, 1974, pp. 106–11 [Prime concern to expose and censure priest and Church].

13 C. L. King, *RJS*, New York, 1974 [Overview of life and major works to 1971].

14 I. Iglesias, 'Sobre RJS', *Los escritores y la guerra de España*, ed. M. Hanrez, Barcelona, 1977, pp. 213–20 [RJS as political freeshooter; sceptical vision in *C* due to lucidity].

15 P. Bly, 'A confused reality and its presentation in *RCE*', *International Fiction Review*, V, 1978, pp. 96–102 [The confusion of reality on both sides and the logic of art].

16 A. Alcalá, 'Sender y sus novelas, y su Aragón', *Circular informativo núm. 7 del Instituto de Estudios sijenenses Miguel Servet*, Villanueva de Sijena, 1979, pp. 13–28; reproduced in *RJS. In memoriam*, pp. 177–88 [Text of speech delivered in New York re proposed candidacy of RJS for Nobel Prize; on the local and the universal; comparison of Unamuno's San Manuel Bueno and Mosén Millán in favour of latter].

17 I. Criado Miguel, 'Mito y desmitificación de la guerra en dos novelas de posguerra', *Estudios sobre literatura y arte dedicados al profesor Emilio Orozco Díaz*, eds. A. Gallego Morell, A. Soria and N. Marín, Granada, 1979, I, pp. 333–56 [Dual structure – ballad and chronicle – of narrative; mythification process through the ballad as a parallel Way of the Cross].

18 A. Iglesias Ovejero, 'Estructuras mítico-narrativas de *RCE*', *Anales de literatura española contemporánea*, VII, 1982, pp. 215–36 [Analysis of double narrative structure as mythic narratives; liturgy and parody in the dual process of mythification and demythification].

19 F. Carrasquer, *La verdad de RJS*, Leiden, 1982 [Essays including 'Sender a la hora de la verdad', pp. 43–8: love and death as essential dialectic of work].

20 L. Bonet, 'RJS, la neblina y el paisaje sangriento: Una lectura de Mosén Millán', *Insula*, CDXXIV, 1982, pp. 1, 10–11; reproduced in *RJS. In memoriam*, pp. 437–44 [Cultural anthropological reading to bring out opposition of ecclesiastical and ancestral cultures in figures of Mosén Millán and Jerónima].

21 A. Percival, 'Sociedad, individuo y verdad en *RCE*', *Ottawa Hispánica*, IV, 1982, pp. 71–84 [Use of realist modes and traditional forms to create psychological truth; in relation to myth adds Prometheus and the Eternal Return].

22 R. Skyrme, 'On the chronology of Sender's *RCE*', *Romance Notes*, XIV, 1983, pp. 116–22 [Selectivity and compression of time; simplification and symbolisation; chronological inconsistencies as lapses].

23 R. G. Havard, 'The "Romance" in Sender's *RCE*', *Modern Language Review*, LXXIX, pp. 88–96 [Ballad as matrix of work's mythic dimension; a secular requiem

which points to guilt of priest; formal and stylistic relationships in narrative].

24 J. L. Castillo-Puche, *RJS: el distanciamiento del exilio*, Barcelona, 1985 [Summation of life and work, politics, journalism and literature].

25 E. Luna Martín, 'La memoria de Mosén Millán. Análisis del tiempo histórico en *RCE* de RJS', *Revista de Literatura*, XLVIII, 1986, pp. 129–35 [Deliberate introduction of chronological discrepancies to convey memory of an old man; proposes 1906 birthdate].

26 A. M. Trippett, *Adjusting to Reality: Philosophical and Psychological Ideas in the Post-Civil War Novels of RJS*, London, 1986 [post-war evolution, including *Crónica del alba*].

27 R. Bosch, 'El realismo social en la novela de RJS', *Homenaje a RJS*, ed. Vásquez, pp. 1–24 [Overview includes *C* as reportage-novel and *RCE* as social protest].

28 M. A. Compitello, '*RCE* and the problematics of exile', *Homenaje a RJS*, pp. 89–99 [Act of remembrance as alternative history; examination of narrative as action divided into events as ordered in text (*discours*) and logico-temporal disposition in which events as narrated have occurred (*histoire*)].

29 C. L. King, 'Sender's poetic theology', *Homenaje a RJS*, pp. 101–9 [Opposition to Church as un-Christian; Christ as man's 'son', his own creation, a myth which in turn influences man; *RCE* as his most effective anticlerical work].

30 S. Hart, 'Ideology and narrative form in RJS's *RCE* and Miguel Delibes's *El disputado voto del señor Cayo*', *Quinquereme*, X, 1987, pp. 207–16 [Ambiguous form mirrors metaphysical uncertainty].

31 J. M. Pérez Carrera, *Guía de lectura de RCE de RJS*, Madrid, 1988 [Background, reading guide and workbook for secondary-school students].

32 C. Serrano, '*RCE* o el adios a la historia de RJS', *Revista Hispánica Moderna*, XLII, 1989, pp. 137–49 [Historical ambiguity, mythification process and moral conflict].

33 M. S. Vásquez, 'Narrative voice and the toll of war in RJS's *C*', *Rewriting the Good Fight. Critical Essays on the Literature of the Spanish Civil War*, eds. F. S. Brown, M. A. Compitello, V. M. Howard and R. A. Martin, East Lansing, MI, 1989, pp. 111–24 [Narrative voices and authorial intention in *C* considered categorically as novel].

34 F. R. Dorward, '*RCE*: Reflections after the Film', *Essays on Hispanic Themes in Honour of Edward C. Riley*, Edinburgh, 1989, pp. 268–88 [Film version in relation to book].

35 S. Hart, *RCE*, Critical Guides to Spanish Texts, London, 1990 [Analysis of plot, characterisation, politics and style, with a note on film version].

Réquiem por un campesino español

El cura esperaba sentado en un sillón con la cabeza inclinada sobre la casulla de los oficios de *réquiem*. La sacristía olía a incienso. En un rincón había un fajo de ramitas de olivo de las que habían sobrado el Domingo de Ramos. Las hojas estaban muy secas, y parecían de metal. Al pasar cerca, Mosén Millán evitaba rozarlas porque se desprendían y caían al suelo.

Iba y venía el monaguillo con su roquete blanco. La sacristía tenía dos ventanas que daban al pequeño huerto de la abadía. Llegaban del otro lado de los cristales rumores humildes.

Alguien barría furiosamente, y se oía la escoba seca contra las piedras, y una voz que llamaba:

—María... Marieta...

Cerca de la ventana entreabierta un saltamontes atrapado entre las ramitas de un arbusto trataba de escapar, y se agitaba desesperadamente. Más lejos, hacia la plaza, relinchaba un potro. «Ese debe ser —pensó Mosén Millán— el potro de Paco el del Molino, que anda, como siempre, suelto por el pueblo.» El cura seguía pensando que aquel potro, por las calles, era una alusión constante a Paco y al recuerdo de su desdicha.

Con los codos en los brazos del sillón y las manos cruzadas sobre la casulla negra bordada de oro, seguía rezando. Cincuenta y un años repitiendo aquellas oraciones habían creado un automatismo que le permitía poner el pensamiento en otra parte sin dejar de rezar. Y su imaginación vagaba por el pueblo. Esperaba que los parientes del difunto acudirían. Estaba seguro de que irían —no podían menos— tratándose de una misa de *réquiem,* aunque la decía sin que nadie se la hubiera encargado. También esperaba Mosén Millán que fueran los amigos del difunto. Pero esto hacía dudar al cura. Casi toda la aldea había sido amiga de Paco, menos las dos familias más pudientes: don Valeriano y don Gumersindo. La tercera familia rica, la del señor Cástulo Pérez, no era ni amiga ni enemiga.

El monaguillo entraba, tomaba una campana que había en un rincón, y sujetando el badajo para que no sonara, iba a salir cuando Mosén Millán le preguntó:

—¿Han venido los parientes?

—¿Qué parientes? —preguntó a su vez el monaguillo.

—No seas bobo. ¿No te acuerdas de Paco el del Molino?

—Ah, sí, señor. Pero no se ve a nadie en la iglesia, todavía.

El chico salió otra vez al presbiterio pensando en Paco el del Molino. ¿No había de recordarlo?[1] Lo vio morir, y después de su muerte la gente sacó un romance. El monaguillo sabía algunos trozos:

> *Ahí va Paco el del Molino,*
> *que ya ha sido sentenciado,*
> *y que llora por su vida*
> *camino del camposanto.*

Eso de llorar no era verdad, porque el monaguillo vio a Paco, y no lloraba. «Lo vi —se decía— con los otros desde el coche del señor Cástulo, y yo llevaba la bolsa con la extremaunción para que Mosén Millán les pusiera a los muertos el santolio en el pie.» El monaguillo iba y venía con el romance de Paco en los dientes. Sin darse cuenta acomodaba sus pasos al compás de la canción:

> *...y al llegar frente a las tapias*
> *el centurión echa el alto.*[A]

Eso del centurión le parecía al monaguillo más bien cosa de Semana Santa y de los pasos de la oración del huerto. Por las ventanas de la sacristía llegaba ahora un olor de hierbas quemadas, y Mosén Millán, sin dejar de rezar, sentía en ese olor las añoranzas de su propia juventud. Era viejo, y estaba llegando —se decía— a esa edad en que la sal ha perdido su sabor, como dice la Biblia. Rezaba entre dientes con la cabeza apoyada en aquel lugar del muro donde a través del tiempo se había formado una mancha oscura.

Entraba y salía el monaguillo con la pértiga de encender los cirios, las vinajeras y el misal.

—¿Hay gente en la iglesia? —preguntaba otra vez el cura.

—No, señor.

[1]*How could he forget?*

Mosén Millán se decía: es pronto. Además, los campesinos no han acabado las faenas de la trilla. Pero la familia del difunto no podía faltar. Seguían sonando las campanas que en los funerales eran lentas, espaciadas y graves. Mosén Millán alargaba las piernas. Las puntas de sus zapatos asomaban debajo del alba y encima de la estera de esparto. El alba estaba deshilándose por el remate. Los zapatos tenían el cuero rajado por el lugar donde se doblaban al andar, y el cura pensó: tendré que enviarlos a componer. El zapatero era nuevo en la aldea. El anterior no iba a misa, pero trabajaba para el cura con el mayor esmero, y le cobraba menos. Aquel zapatero y Paco el del Molino habían sido muy amigos.

Recordaba Mosén Millán el día que bautizó a Paco en aquella misma iglesia. La mañana del bautizo se presentó fría y dorada, una de esas mañanitas en que la grava del río que habían puesto en la plaza durante el *Corpus,* crujía de frío bajo los pies. Iba el niño en brazos de la madrina, envuelto en ricas mantillas, y cubierto por un manto de raso blanco, bordado en sedas blancas, también. Los lujos de los campesinos son para los actos sacramentales. Cuando el bautizo entraba en la iglesia, las campanitas menores tocaban alegremente. Se podía saber si el que iban a bautizar era niño o niña. Si era niño, las campanas —una en un tono más alto que la otra— decían: *no és nena, que és nen; no és nena, que és nen.*[2] Si era niña cambiaban un poco, y decían: *no és nen, que és nena; no és nen, que és nena.* La aldea estaba cerca de la raya de Lérida, y los campesinos usaban a veces palabras catalanas.

Al llegar el bautizo se oyó en la plaza vocerío de niños, como siempre. El padrino llevaba una bolsa de papel de la que sacaba puñados de peladillas y caramelos. Sabía que, de no hacerlo,[3] los chicos recibirían al bautizo gritando a coro frases desairadas para el recién nacido, aludiendo a sus pañales y a si estaban secos o mojados.

Se oían rebotar las peladillas contra las puertas y las ventanas y a veces contra las cabezas de los mismos chicos, quienes no perdían

[2] *It's not a girl, it's a boy.* The rhythm and sound of the Aragonese *nena/nen(e)* convey the high notes of small bells. In *Monte Odina*, pp. 221–2, Sender transcribes the music for this peal.
[3] *If he didn't do so.*

el tiempo en lamentaciones. En la torre las campanitas menores seguían tocando: *no és nena, que és nen,* y los campesinos entraban en la iglesia, donde esperaba Mosén Millán ya revestido.

Recordaba el cura aquel acto entre centenares de otros porque había sido el bautizo de Paco el del Molino. Había varias personas enlutadas y graves. Las mujeres con mantilla o mantón negro. Los hombres con camisa almidonada. En la capilla bautismal la pila sugería misterios antiguos.

Mosén Millán había sido invitado a comer con la familia. No hubo grandes extremos porque las fiestas del invierno solían ser menos algareras que las del verano. Recordaba Mosén Millán que sobre una mesa había un paquete de velas rizadas y adornadas, y que en un extremo de la habitación estaba la cuna del niño. A su lado, la madre, de breve cabeza y pecho opulento, con esa serenidad majestuosa de las recién paridas. El padre atendía a los amigos. Uno de ellos se acercaba a la cuna, y preguntaba:

—¿Es tu hijo?

—Hombre, no lo sé —dijo el padre acusando con una tranquila sorna lo obvio de la pregunta—. Al menos, de mi mujer sí que lo es.[4]

Luego soltó la carcajada. Mosén Millán, que estaba leyendo su grimorio, alzó la cabeza:

—Vamos, no seas bruto. ¿Qué sacas con esas bromas?

Las mujeres reían también, especialmente la Jerónima —partera y saludadora—, que en aquel momento llevaba a la madre un caldo de gallina y un vaso de vino moscatel. Después descubría al niño, y se ponía a cambiar el vendaje del ombliguito.

—Vaya, zagal. Seguro que no te echarán del baile[5] —decía aludiendo al volumen de sus atributos masculinos.

La madrina repetía que durante el bautismo el niño había sacado la lengua para recoger la sal, y de eso deducía que tendría gracia y atractivo con las mujeres. El padre del niño iba y venía, y se detenía a veces para mirar al recién nacido: «¡Qué cosa es la vida! Hasta

[4]*He is my wife's, at least.*

[5]*They certainly won't turn you away from/chuck you out of the dance.* This looks forward to the importance of the village dance in courtship and to the dance as symbolic of human vitality and sexuality.

que nació ese crío, yo era sólo el hijo de mi padre. Ahora soy, además, el padre de mi hijo».

—El mundo es redondo, y rueda —dijo en voz alta.

Estaba seguro Mosén Millán de que servirían en la comida perdiz en adobo. En aquella casa solían tenerla. Cuando sintió su olor en el aire, se levantó, se acercó a la cuna, y sacó de su breviario un pequeñísimo escapulario que dejó debajo de la almohada del niño. Miraba el cura al niño sin dejar de rezar: *ad perpetuam rei memoriam*...[6] El niño parecía darse cuenta de que era el centro de aquella celebración, y sonreía dormido. Mosén Millán se apartaba pensando: ¿De qué puede sonreír? Lo dijo en voz alta, y la Jerónima comentó:

—Es que sueña. Sueña con ríos de lechecita caliente.

El diminutivo de leche resultaba un poco extraño, pero todo lo que decía la Jerónima era siempre así.

Cuando llegaron los que faltaban, comenzó la comida. Una de las cabeceras la ocupó el feliz padre. La abuela dijo al indicar al cura el lado contrario:

—Aquí el otro padre, Mosén Millán.

El cura dio la razón a la abuela: el chico había nacido dos veces, una al mundo y otra a la iglesia. De este segundo nacimiento el padre era el cura párroco. Mosén Millán se servía poco, reservándose para las perdices.

Veintiséis años después se acordaba de aquellas perdices, y en ayunas, antes de la misa, percibía los olores de ajo, vinagrillo y aceite de oliva. Revestido y oyendo las campanas, dejaba que por un momento el recuerdo se extinguiera. Miraba al monaguillo. Éste no sabía todo el romance de Paco, y se quedaba en la puerta con un dedo doblado entre los dientes tratando de recordar:

> *...ya los llevan, ya los llevan*
> *atados brazo con brazo.*

El monaguillo tenía presente la escena, que fue sangrienta y llena

---

[6]*Until the end of time/from here to eternity*... A formula used in Church documents such as papal bulls.

de estampidos.

Volvía a recordar el cura la fiesta del bautizo mientras el monaguillo por decir algo repetía:

—No sé qué pasa que hoy no viene nadie a la iglesia, Mosén Millán.

El sacerdote había puesto la crisma en la nuca de Paco, en su tierna nuca que formaba dos arruguitas contra la espalda. Ahora — pensaba— está ya aquella nuca bajo la tierra, polvo en el polvo. Todos habían mirado al niño aquella mañana, sobre todo el padre, felices, pero con cierta turbiedad en la expresión. Nada más misterioso que un recién nacido.

Mosén Millán recordaba que aquella familia no había sido nunca muy devota, pero cumplía con la parroquia y conservaba la costumbre de hacer a la iglesia dos regalos cada año, uno de lana y otro de trigo, en agosto. Lo hacían más por tradición que por devoción —pensaba Mosén Millán—, pero lo hacían.

En cuanto a la Jerónima, ella sabía que el cura no la veía con buenos ojos. A veces la Jerónima, con su oficio y sus habladurías —o *dijendas,* como ella decía—, agitaba un poco las aguas mansas de la aldea. Solía rezar la Jerónima extrañas oraciones para ahuyentar el pedrisco y evitar las inundaciones, y en aquella que terminaba diciendo: *Santo Justo, Santo Fuerte, Santo Inmortal — líbranos, Señor, de todo mal,*[7] añadía una frase latina que sonaba como una obscenidad, y cuyo verdadero sentido no pudo nunca descifrar el cura. Ella lo hacía inocentemente, y cuando el cura le preguntaba de dónde había sacado aquel latinajo, decía que lo había heredado de su abuela.

Estaba seguro Mosén Millán de que si iba a la cuna del niño, y levantaba la almohada, encontraría algún amuleto. Solía la Jerónima poner cuando se trataba de niños una tijerita abierta en cruz para protegerlos de herida de hierro —de saña de hierro, decía ella—, y si se trataba de niñas, una rosa que ella misma había desecado a la luz de la luna para darles hermosura y evitarles las menstruaciones difíciles.

---

[7]Sender, *Monte Odina,* pp. 87–8, recalls his grandmother reciting the *trisagio* to the Trinity during storms.

Hubo un incidente que produjo cierta alegría secreta a Mosén Millán. El médico de la aldea, un hombre joven, llegó, dio los buenos días, se quitó las gafas para limpiarlas —se le habían empañado al entrar—, y se acercó a la cuna. Después de reconocer al crío dijo gravemente a la Jerónima que no volviera a tocar el ombligo del recién nacido y ni siquiera a cambiarle la faja. Lo dijo secamente, y lo que era peor, delante de todos. Lo oyeron hasta los que estaban en la cocina.

Como era de suponer, al marcharse el médico, la Jerónima comenzó a desahogarse. Dijo que con los médicos viejos nunca había tenido palabras, y que aquel jovencito creía que sólo su ciencia valía, pero dime de lo que presumes, y te diré lo que te falta.[8] Aquel médico tenía más hechuras y maneras que *concencia*.[9] Trató de malquistar al médico con los maridos. ¿No habían visto cómo se entraba por las casas de rondón, y sin llamar, y se iba derecho a la alcoba, aunque la hembra de la familia estuviera allí vistiéndose? Más de una había sido sorprendida en cubrecorsé o en enaguas. ¿Y qué hacían las pobres? Pues nada. Gritar y correr a otro cuarto. ¿Eran maneras aquellas de entrar en una casa un hombre soltero y sin arrimo? Ese era el médico. Seguía hablando la Jerónima, pero los hombres no la escuchaban. Mosén Millán intervino por fin:

—Cállate, Jerónima —dijo—. Un médico es un médico.

—La culpa —dijo alguien— no es de la Jerónima, sino del jarro.[10]

Los campesinos hablaban de cosas referentes al trabajo. El trigo apuntaba bien, los planteros —semilleros— de hortalizas iban germinando, y en la primavera sería un gozo sembrar los melonares y la lechuga. Mosén Millán, cuando vio que la conversación languidecía, se puso a hablar contra las supersticiones. La Jerónima escuchaba en silencio.

Hablaba el cura de las cosas más graves con giros campesinos. Decía que la Iglesia se alegraba tanto de aquel nacimiento como los

---

[8]A proverbial expression freely translated as *Boast not, want not*, i. e. he boasts most about what he most lacks. Proverbs indicate age-old homespun philosophy.

[9]*That there doctor was all outward show/airs and graces and no real knowledge.* The Aragonese term conveys the spoken word and indirect speech continually increases the proportion of dramatic dialogue and the vocal tone of the narrative.

[10]*It isn't Jerónima's fault, it's the drink (talking).*

mismos padres, y que había que alejar del niño las supersticiones, que son cosa del demonio, y que podrían dañarle el día de mañana. Añadió que el chico sería tal vez un nuevo Saulo para la Cristiandad.[11]

—Lo que quiero yo es que aprenda a ajustarse los calzones,[12] y que haga un buen mayoral de labranza—dijo el padre.

Rió la Jerónima para molestar al cura. Luego dijo:

—El chico será lo que tenga que ser. Cualquier cosa, menos cura.

Mosén Millán la miró extrañado:

—Qué bruta eres, Jerónima.

En aquel momento llegó alguien buscando a la ensalmadora. Cuando ésta hubo salido, Mosén Millán se dirigió a la cuna del niño, levantó la almohada, y halló debajo un clavo y una pequeña llave formando cruz. Los sacó, los entregó al padre, y dijo: «¿Usted ve?» Después rezó una oración. Repitió que el pequeño Paco, aunque fuera un día mayoral de labranza, era hijo espiritual suyo, y debía cuidar de su alma. Ya sabía que la Jerónima, con sus supersticiones, no podía hacer daño mayor, pero tampoco hacía ningún bien.

Mucho más tarde, cuando Paquito fue Paco, y salió de quintas,[13] y cuando murió, y cuando Mosén Millán trataba de decir la misa de aniversario, vivía todavía la Jerónima, aunque era tan vieja, que decía tonterías, y no le hacían caso. El monaguillo de Mosén Millán estaba en la puerta de la sacristía, y sacaba la nariz de vez en cuando para fisgar por la iglesia, y decir al cura:

—Todavía no ha venido nadie.

Alzaba las cejas el sacerdote pensando: no lo comprendo. Toda la aldea quería a Paco. Menos don Gumersindo, don Valeriano y tal vez el señor Cástulo Pérez. Pero de los sentimientos de este último nadie podía estar seguro. El monaguillo también se hablaba a sí mismo diciéndose el romance de Paco:

---

[11]Saul was converted to Christianity in a blinding illumination on the road to Damascus to become Paul, the Apostle of the Gentiles.

[12]*Wear the trousers,* i. e. be a real man, a man of authority, particularly at home.

[13]*Escaped military service.* The number of men drafted in the call-up (originally one in five) depended on the number of recruits needed and the man's number in the draft list. Military service age marks the entry of men into social life in Aragon.

Las luces iban po'l monte
y las sombras por el saso...[14]

Mosén Millán cerró los ojos, y esperó. Recordaba algunos detalles nuevos de la infancia de Paco. Quería al muchacho, y el niño le quería a él, también. Los chicos y los animales quieren a quien los quiere.

A los seis años hacía *fuineta,*[B] es decir, se escapaba ya de casa, y se unía con otros zagales. Entraba y salía por las cocinas de los vecinos. Los campesinos siguen el viejo proverbio: al hijo de tu vecino límpiale las narices y mételo en tu casa. Tendría Paco algo más de seis años cuando fue por primera vez a la escuela. La casa del cura estaba cerca, y el chico iba de tarde en tarde a verlo. El hecho de que fuera por voluntad propia conmovía al cura. Le daba al muchacho estampas de colores. Si al salir de casa del cura el chico encontraba al zapatero, éste le decía:

—Ya veo que eres muy amigo de Mosén Millán.

—¿Y usted no? —preguntaba el chico.

—¡Oh! —decía el zapatero, evasivo—. Los curas son la gente que se toma más trabajo en el mundo para no trabajar. Pero Mosén Millán es un santo.

Esto último lo decía con una veneración exagerada para que nadie pudiera pensar que hablaba en serio.

El pequeño Paco iba haciendo sus descubrimientos en la vida. Encontró un día al cura en la abadía cambiándose de sotana, y al ver que debajo llevaba pantalones, se quedó extrañado y sin saber qué pensar.

Cuando veía Mosén Millán al padre de Paco le preguntaba por el niño empleando una expresión halagadora:

—¿Dónde está el heredero?

Tenía el padre de Paco un perro flaco y malcarado. Los labradores tratan a sus perros con indiferencia y crueldad, y es, sin duda, la razón por la que esos animales los adoran. A veces el perro acompañaba al chico a la escuela. Andaba a su lado sin zalemas y sin alegría, protegiéndolo con su sola presencia.

---

[14]Flat cultivated terrace, often stony and suitable for vines. The verses depict the hunt in a play of ascending lights and descending shadows over the vineyard.

Paco andaba por entonces muy atareado tratando de convencer al perro de que el gato de la casa tenía también derecho a la vida. El perro no lo entendía así, y el pobre gato tuvo que escapar al campo. Cuando Paco quiso recuperarlo, su padre le dijo que era inútil porque las alimañas salvajes lo habrían matado ya. Los búhos no suelen tolerar que haya en el campo otros animales que puedan ver en la oscuridad, como ellos. Perseguían a los gatos, los mataban y se los comían. Desde que supo eso, la noche era para Paco misteriosa y temible, y cuando se acostaba aguzaba el oído queriendo oír[15] los ruidos de fuera.

Si la noche era de los búhos, el día pertenecía a los chicos, y Paco, a los siete años, era bastante revoltoso. Sus preocupaciones y temores durante la noche no le impedían reñir al salir de la escuela. Era ya por entonces una especie de monaguillo auxiliar o suplente. Entre los tesoros de los chicos de la aldea había un viejo revólver con el que especulaban de tal modo, que nunca estaba más de una semana en las mismas manos. Cuando por alguna razón —por haberlo ganado en juegos o cambalaches— lo tenía Paco, no se separaba de él, y mientras ayudaba a misa lo llevaba en el cinto bajo el roquete. Una vez, al cambiar el misal y hacer la genuflexión, resbaló el arma, y cayó en la tarima con un ruido enorme. Un momento quedó allí, y los dos monaguillos se abalanzaron sobre ella. Paco empujó al otro, y tomó su revólver. Se remangó la sotana, se lo guardó en la cintura, y respondió al sacerdote:

—Et *cum spiritu tuo!*[16]

Terminó la misa, y Mosén Millán llamó a capítulo a Paco, le riñó y le pidió el revólver. Entonces ya Paco lo había escondido detrás del altar. Mosén Millán registró al chico, y no le encontró nada. Paco se limitaba a negar, y no le habrían sacado de sus negativas todos los verdugos de la antigua Inquisición. Al final, Mosén Millán se dio por vencido, pero le preguntó:

—¿Para qué quieres ese revólver, Paco? ¿A quién quieres matar?

—A nadie.

Añadió que lo llevaba para evitar que lo usaran otros chicos peores

[15]*Trying to hear/listen to.*
[16]*And with your spirit.* The response to the priest's *Dominus vobiscum (The Lord be with you).*

que él. Este subterfugio asombró al cura.

Mosén Millán se interesaba por Paco pensando que sus padres eran poco religiosos. Creía el sacerdote que atrayendo al hijo, atraería tal vez al resto de la familia. Tenía Paco siete años cuando llegó el obispo, y confirmó a los chicos de la aldea. La figura del prelado, que era un anciano de cabello blanco y alta estatura, impresionó a Paco. Con su mitra, su capa pluvial y el báculo dorado, daba al niño la idea aproximada de lo que debía ser Dios en los cielos. Después de la confirmación habló el obispo con Paco en la sacristía. El obispo le llamaba *galopín*. Nunca había oído Paco aquella palabra. El diálogo fue asi:

—¿Quién es este galopín?

—Paco, para servir a Dios y a su ilustrísima.

El chico había sido aleccionado. El obispo, muy afable, seguía preguntándole:

—¿Qué quieres ser tú en la vida? ¿Cura?

—No, señor.

—¿General ?

—No, señor, tampoco. Quiero ser labrador, como mi padre.

El obispo reía. Viendo Paco que tenía éxito, siguió hablando:

—Y tener tres pares de mulas, y salir con ellas por la calle mayor diciendo: ¡Tordillaaa Capitanaaa, oxiqué me ca… !¹⁷

Mosén Millán se asustó, y le hizo con la mano un gesto indicando que debía callarse. El obispo reía.

Aprovechando la emoción de aquella visita del obispo, Mosén Millán comenzó a preparar a Paco y a otros mozalbetes para la primera comunión, y al mismo tiempo decidió que era mejor hacerse cómplice de las pequeñas picardías de los muchachos que censor. Sabía que Paco tenía el revólver, y no había vuelto a hablarle de él. Se sentía Paco seguro en la vida. El zapatero lo miraba a veces con cierta ironía —¿por qué?—, y el médico, cuando iba a su casa, le decía:

---

¹⁷*Dapple, Captain lass, to the left da(mn you)!* Drilled by the priest to address the bishop as *My lord*, Paco breaks into the vernacular in imitation of his father with an expletive that is quickly silenced. *Capitana* recalls the military title given to the Aragonese patroness, the Virgen del Pilar, in the War of Independence, here applied to a mule. Sender, *Monte Odina*, p. 88, comments on the lengthening of the final syllable in peasant speech.

—Hola, Cabarrús.

Casi todos los vecinos y amigos de la familia le guardaban a Paco algún secreto: la noticia del revólver, un cristal roto en una ventana, el hurto de algunos puñados de cerezas en un huerto. El más importante encubrimiento era el de Mosén Millán.

Un día habló el cura con Paco de cosas difíciles porque Mosén Millán le enseñaba a hacer examen de conciencia[C] desde el primer mandamiento hasta el décimo. Al llegar al sexto, el sacerdote vaciló un momento, y dijo, por fin:

—Pásalo por alto, porque tú no tienes pecados de esa clase todavía.

Paco estuvo cavilando, y supuso que debía referirse a la relación entre hombres y mujeres.

Iba Paco a menudo a la iglesia, aunque sólo ayudaba a misa cuando hacían falta dos monaguillos. En la época de Semana Santa descubrió grandes cosas. Durante aquellos días todo cambiaba en el templo. Las imágenes las tapaban con paños color violeta, el altar mayor quedaba oculto también detrás de un enorme lienzo malva, y una de las naves iba siendo transformada en un extraño lugar lleno de misterio. Era *el monumento*.[D] La parte anterior tenía acceso por una ancha escalinata cubierta de alfombra negra.

Al pie de esas escaleras, sobre un almohadón blanco de raso estaba acostado un crucifijo de metal cubierto con lienzo violeta, que formaba una figura romboidal sobre los extremos de la Cruz. Por debajo del rombo asomaba la base, labrada. Los fieles se acercaban, se arrodillaban, y la besaban. Al lado una gran bandeja con dos o tres monedas de plata y muchas más de cobre. En las sombras de la iglesia aquel lugar silencioso e iluminado, con las escaleras llenas de candelabros y cirios encendidos, daba a Paco una impresión de misterio.

Debajo del monumento, en un lugar invisible, dos hombres tocaban en flautas de caña una melodía muy triste. La melodía era corta y se repetía hasta el infinito durante todo el día. Paco tenía sensaciones contradictorias muy fuertes.

Durante el Jueves y el Viernes Santo no sonaban las campanas de la torre. En su lugar se oían las matracas. En la bóveda del campanario había dos enormes cilindros de madera cubiertos de hileras de mazos. Al girar el cilindro, los mazos golpeaban sobre la madera hueca. Toda aquella maquinaria estaba encima de las campanas, y tenía un eje empotrado en dos muros opuestos del campanario, y engrasado con pez. Esas gigantescas matracas producían un rumor de huesos agitados. Los monaguillos tenían dos matraquitas de mano, y las hacían sonar al alzar[18] en la misa. Paco miraba y oía todo aquello asombrado.

Le intrigaban sobre todo las estatuas que se veían a los dos lados del monumento. Éste parecía el interior de una inmensa cámara fotográfica con el fuelle extendido. La turbación de Paco procedía del hecho de haber visto aquellas imágenes polvorientas y desnarigadas en un desván del templo donde amontonaban los trastos viejos. Había también allí piernas de cristos desprendidas de los cuerpos, estatuas de mártires desnudos y sufrientes. Cabezas de *ecce homos* lacrimosos,[E] paños de verónicas colgados del muro, trípodes hechos con listones de madera que tenían un busto de mujer en lo alto, y que, cubiertos por un manto en forma cónica, se convertían en Nuestra Señora de los Desamparados.

El otro monaguillo —cuando estaban los dos en el desván— exageraba su familiaridad con aquellas figuras. Se ponía a caballo de uno de los apóstoles, en cuya cabeza golpeaba con los nudillos para ver —decía— si había ratones; le ponía a otro un papelito arrollado en la boca como si estuviera fumando, iba al lado de San Sebastián, y le arrancaba los dardos del pecho para volvérselos a poner, cruelmente. Y en un rincón se veía el túmulo funeral que se usaba en las misas de difuntos. Cubierto de paños negros goteados de cera mostraba en los cuatro lados una calavera y dos tibias cruzadas. Era un lugar dentro del cual se escondía el otro acólito, a veces, y cantaba cosas irreverentes.

El Sábado de Gloria,[F] por la mañana, los chicos iban a la iglesia llevando pequeños mazos de madera que tenían guardados todo el año para aquel fin. Iban —quién iba a suponerlo— a matar judíos. Para evitar que rompieran los bancos, Mosén Millán hacía poner el día anterior tres largos maderos derribados cerca del atrio. Se suponía que los judíos estaban dentro, lo que no era para las imaginaciones infantiles demasiado suponer. Los chicos se

[18]*At the elevation*, i. e. when the Host is raised at the Consecration in the Mass. (The military rising in 1936 is, incidentally, known as 'el Alzamiento'.)

c

sentaban detrás y esperaban. Al decir el cura en los oficios la palabra *resurrexit,*[19] comenzaban a golpear produciendo un fragor escandaloso, que duraba hasta el canto del *aleluya* y el primer volteo de campanas.

Salía Paco de la Semana Santa como convaleciente de una enfermedad. Los oficios habían sido sensacionales, y tenían nombres extraños: las *tinieblas,* el sermón de *las siete palabras,* y del *beso de Judas,* el de los *velos rasgados.* El Sábado de Gloria solía ser como la reconquista de la luz y la alegría. Mientras volteaban las campanas en la torre —después del silencio de tres días— la Jerónima cogía piedrecitas en la glera del río porque decía que poniéndoselas en la boca aliviarían el dolor de muelas.

Paco iba entonces a la casa del cura en grupo con otros chicos, que se preparaban también para la primera comunión. El cura los instruía y les aconsejaba que en aquellos días no hicieran diabluras. No debían pelear ni ir al lavadero público, donde las mujeres hablaban demasiado libremente.

Los chicos sentían desde entonces una curiosidad más viva, y si pasaban cerca del lavadero aguzaban el oído. Hablando los chicos entre sí, de la comunión, inventaban peligros extraños y decían que al comulgar era necesario abrir mucho la boca, porque si la hostia tocaba en los dientes, el comulgante caía muerto, y se iba derecho al infierno.

Un día, Mosén Millán pidió al monaguillo que le acompañara a llevar la extremaunción a un enfermo grave. Fueron a las afueras del pueblo, donde ya no había casas, y la gente vivía en unas cuevas abiertas en la roca. Se entraba en ellas por un agujero rectangular que tenía alrededor una cenefa encalada.

Paco llevaba colgada del hombro una bolsa de terciopelo donde el cura había puesto los objetos litúrgicos. Entraron bajando la cabeza y pisando con cuidado. Había dentro dos cuartos con el suelo de losas de piedra mal ajustadas. Estaba ya oscureciendo, y en el cuarto primero no había luz. En el segundo se veía sólo una lamparilla de aceite. Una anciana, vestida de harapos, los recibió con un cabo de vela encendido. El techo de roca era muy bajo, y aunque se podía estar de pie, el sacerdote bajaba la cabeza por

[19] *He has/is risen.*

60

precaución. No había otra ventilación que la de la puerta exterior. La anciana tenía los ojos secos y una expresión de fatiga y de espanto frio.

En un rincón había un camastro de tablas, y en él estaba el enfermo. El cura no dijo nada, la mujer tampoco. Sólo se oía un ronquido regular, bronco y persistente, que salía del pecho del enfermo. Paco abrió la bolsa, y el sacerdote, después de ponerse la estola, fue sacando trocitos de estopa y una pequeña vasija con aceite, y comenzó a rezar en latín. La anciana escuchaba con la vista en el suelo y el cabo de vela en la mano. La silueta del enfermo —que tenía el pecho muy levantado y la cabeza muy baja— se proyectaba en el muro, y el más pequeño movimiento del cirio hacía moverse la sombra.

Descubrió el sacerdote los pies del enfermo. Eran grandes, secos, resquebrajados. Pies de labrador. Después fue a la cabecera. Se veía que el agonizante ponía toda la energía que le quedaba en aquella horrible tarea de respirar. Los estertores eran más broncos y más frecuentes. Paco veía dos o tres moscas que revoloteaban sobre la cara del enfermo, y que a la luz tenían reflejos de metal. Mosén Millán hizo las unciones en los ojos, en la nariz, en los pies. El enfermo no se daba cuenta. Cuando terminó el sacerdote, dijo a la mujer:

—Dios lo acoja en su seno.

La anciana callaba. Le temblaba a veces la barba, y en aquel temblor se percibía el hueso de la mandíbula debajo de la piel. Paco seguía mirando alrededor. No había luz, ni agua, ni fuego.

Mosén Millán tenía prisa por salir, pero lo disimulaba porque aquella prisa le parecía poco cristiana. Cuando salieron, la mujer los acompañó hasta la puerta con el cirio encendido. No se veían por allí más muebles que una silla desnivelada apoyada contra el muro. En el cuarto exterior, en un rincón y en el suelo había tres piedras ahumadas y un poco de ceniza fría. En una estaca clavada en el muro, una chaqueta vieja. El sacerdote parecía ir a decir algo, pero se calló. Salieron.

Era ya de noche, y en lo alto se veían las estrellas. Paco preguntó:

—¿Esa gente es pobre, Mosén Millán?

—Sí, hijo.

—¿Muy pobre?

—Mucho.

—¿La más pobre del pueblo?

—Quién sabe, pero hay cosas peores que la pobreza. Son desgraciados por otras razones.

El monaguillo veía que el sacerdote contestaba con desgana.

—¿Por qué? —preguntó.

—Tienen un hijo que podría ayudarles, pero he oído decir que está en la cárcel.

—¿Ha matado a alguno?

—Yo no sé, pero no me extrañaría.

Paco no podía estar callado. Caminaba a oscuras por terreno desigual. Recordando al enfermo el monaguillo dijo:

—Se está muriendo porque no puede respirar. Y ahora nos vamos, y se queda allí solo.

Caminaban. Mosén Millán parecía muy fatigado. Paco añadió:

—Bueno, con su mujer. Menos mal.[20]

Hasta las primeras casas había un buen trecho. Mosén Millán dijo al chico que su compasión era virtuosa y que tenía buen corazón. El chico preguntó aun si no iba nadie a verlos porque eran pobres o porque tenían un hijo en la cárcel y Mosén Millán queriendo cortar el diálogo aseguró que de un momento a otro el agonizante moriría y subiría al cielo donde sería feliz. El chicó miró las estrellas.

—Su hijo no debe ser muy malo, padre Millán.

—¿Por qué?

—Si fuera malo, sus padres tendrían dinero. Robaría.

El cura no quiso responder. Y seguían andando.

Paco se sentía feliz yendo con el cura.

Ser su amigo le daba autoridad aunque no podría decir en qué forma. Siguieron andando sin volver a hablar, pero al llegar a la iglesia Paco repitió una vez más:

—¿Por qué no va a verlo nadie, Mosén Millán?

—¿Qué importa eso, Paco? El que se muere, rico o pobre, siempre está solo aunque vayan los demás a verlo. La vida es así y Dios que la ha hecho sabe por qué.

---

[20]*Just as well/A good job/Thank goodness.*

Paco recordaba que el enfermo no decía nada. La mujer tampoco. Además el enfermo tenía los pies de madera como los de los crucifijos rotos y abandonados en el desván.

El sacerdote guardaba la bolsa de los óleos. Paco dijo que iba a avisar a los vecinos para que fueran a ver al enfermo y ayudar a su mujer. Iría de parte de Mosén Millán y así nadie se negaría. El cura le advirtió que lo mejor que podía hacer era ir a su casa. Cuando Dios permite la pobreza y el dolor —dijo— es por algo.

—¿Qué puedes hacer tu? —añadió—. Esas cuevas que has visto son miserables pero las hay peores en otros pueblos.

Medio convencido, Paco se fue a su casa, pero durante la cena habló dos o tres veces más del agonizante y dijo que en su choza no tenían ni siquiera un poco de leña para hacer fuego. Los padres callaban. La madre iba y venía. Paco decía que el pobre hombre que se moría no tenía siquiera un colchón porque estaba acostado sobre tablas. El padre dejó de cortar pan y lo miró.

—Es la última vez —dijo— que vas con Mosén Millán a dar la unción a nadie.

Todavía el chico habló de que el enfermo tenía un hijo presidiario, pero que no era culpa del padre.

—Ni del hijo tampoco.

Paco estuvo esperando que el padre dijera algo más, pero se puso a hablar de otras cosas.

Como en todas las aldeas, había un lugar en las afueras que los campesinos llamaban *el carasol*,[21] en la base de una cortina de rocas que daban al mediodía. Era caliente en invierno y fresco en verano. Allí iban las mujeres más pobres —generalmente ya viejas— y cosían, hilaban, charlaban de lo que sucedía en el mundo.

Durante el invierno aquel lugar estaba siempre concurrido. Alguna vieja peinaba a su nieta. La Jerónima, en el carasol, estaba siempre alegre, y su alegría contagiaba a las otras. A veces, sin más ni más, y cuando el carasol estaba aburrido, se ponía ella a bailar sola, siguiendo el compás de las campanas de la iglesia.

Fue ella quien llevó la noticia de la piedad de Paco por la familia agonizante, y habló de la resistencia de Mosén Millán a darles

[21]Aragonese for *solana, a sunny spot/place*. What the peasants understand by a place in the sun is very different from that of the Falangist 'Cara al sol'.

ayuda —esto muy exagerado para hacer efecto— y de la prohibición del padre del chico. Según ella, el padre había dicho a Mosén Millán:

—¿Quién es usted para llevarse al chico a dar la unción?

Era mentira, pero en el carasol creían todo lo que la Jerónima decía. Ésta hablaba con respeto de mucha gente, pero no de las familias de don Valeriano y de don Gumersindo.

Veintitrés años después, Mosén Millán recordaba aquellos hechos, y suspiraba bajo sus ropas talares, esperando con la cabeza apoyada en el muro —en el lugar de la mancha oscura— el momento de comenzar la misa. Pensaba que aquella visita de Paco a la cueva influyó mucho en todo lo que había de sucederle después. «Y vino conmigo. Yo lo llevé», añadía un poco perplejo. El monaguillo entraba en la sacristía y decía:

—Aun no ha venido nadie, Mosén Millán.

Lo repitió porque con los ojos cerrados, el cura parecía no oírle. Y recitaba para sí el monaguillo otras partes del romance a medida que las recordaba:

> *...Lo buscaban en los montes,*
> *pero no lo han encontrado;*
> *a su casa iban con perros*
> *pa que tomen el olfato;*[22]
> *ya ventean, ya ventean*
> *las ropas viejas de Paco.*

Se oían aún las campanas. Mosén Millán volvía a recordar a Paco. «Parece que era ayer cuando tomó la primera comunión.» Poco después el chico se puso a crecer, y en tres o cuatro años se hizo casi tan grande como su padre. La gente, que hasta entonces lo llamaba Paquito, comenzó a llamarlo Paco el del Molino. El bisabuelo había tenido un molino que ya no molía, y que empleaban para almacén de grano. Tenía también allí un pequeño rebaño de cabras. Una vez, cuando parieron las cabras, Paco le llevó a Mosén Millán un cabritillo, que quedó triscando por el

---

[22]*To get his scent.*

huerto de la abadía.

Poco a poco se fue alejando el muchacho de Mosén Millán. Casi nunca lo encontraba en la calle, y no tenía tiempo para ir ex profeso[23] a verlo. Los domingos iba a misa —en verano faltaba alguna vez—, y para Pascua confesaba y comulgaba, cada año.[24]

Aunque imberbe aún, el chico imitaba las maneras de los adultos. No sólo iba sin cuidado al lavadero y escuchaba los diálogos de las mozas, sino que a veces ellas le decían picardías y crudezas, y él respondía bravamente. El lugar a donde iban a lavar las mozas se llamaba la plaza del agua, y era, efectivamente, una gran plaza ocupada en sus dos terceras partes por un estanque bastante profundo. En las tardes calientes del verano algunos mozos iban a nadar allí completamente en cueros. Las lavanderas parecían escandalizarse, pero sólo de labios afuera. Sus gritos, sus risas y las frases que cambiaban con los mozos mientras en la alta torre crotoraban las cigüeñas, revelaban una alegría primitiva.

Paco el del Molino fue una tarde allí a nadar, y durante más de dos horas se exhibió a gusto entre las bromas de las lavanderas. Le decían palabras provocativas, insultos femeninos de intención halagadora, y aquello fue como la iniciación en la vida de los mozos solteros. Después de aquel incidente, sus padres le dejaban salir de noche y volver cuando ya estaban acostados.

A veces Paco hablaba con su padre sobre cuestiones de hacienda familiar. Un día tuvieron una conversación sobre materia tan importante como los arrendamientos de pastos en el monte y lo que esos arrendamientos les costaban. Pagaban cada año una suma regular[25] a un viejo duque que nunca había estado en la aldea, y que percibía aquellas rentas de los campesinos de cinco pueblos vecinos. Paco creía que aquello no era cabal.

—Si es cabal o no, pregúntaselo a Mosén Millán, que es amigo de don Valeriano, el administrador del duque. Anda y verás con lo que te sale.[26]

[23]*Specially/on purpose.*

[24]*Made his Easter duty,* i. e. the obligation to receive communion once a year around Eastertime. Summer reaping and threshing keeps peasants away from the Sunday Mass obligation.

[25]*A tidy sum/a fair amount.*

[26]*Go on, you'll see what he comes out with.*

Ingenuamente Paco se lo preguntó al cura, y éste dijo:

—¡Qué te importa a ti eso, Paco![27]

Paco se atrevió a decirle —lo había oído a su padre— que había gente en el pueblo que vivía peor que los animales, y que se podía hacer algo para remediar aquella miseria.

—¿Qué miseria? —dijo Mosén Millán—. Todavía hay más miseria en otras partes que aquí.

Luego le reprendió ásperamente por ir a nadar a la plaza del agua delante de las lavanderas. En eso Paco tuvo que callarse.

El muchacho iba adquiriendo gravedad y solidez. Los domingos en la tarde, con el pantalón nuevo de pana, la camisa blanca y el chaleco rameado y florido, iba a jugar a las *birlas* (a los bolos). Desde la abadía, Mosén Millán, leyendo su breviario, oía el ruido de las birlas chocando entre sí y las monedas de cobre cayendo al suelo, donde las dejaban los mozos para sus apuestas. A veces se asomaba al balcón. Veía a Paco tan crecido, y se decía: «Ahí está. Parece que fue ayer cuando lo bauticé».

Pensaba el cura con tristeza que cuando aquellos chicos crecían, se alejaban de la iglesia, pero volvían a acercarse al llegar a la vejez por la amenaza de la muerte. En el caso de Paco la muerte llegó mucho antes que la vejez, y Mosén Millán lo recordaba en la sacristía profundamente abstraído mientras esperaba el momento de comenzar la misa. Sonaban todavía las campanas en la torre. El monaguillo dijo, de pronto:

—Mosén Millán, acaba de entrar en la iglesia don Valeriano.

El cura seguía con los ojos cerrados y la cabeza apoyada en el muro. El monaguillo recordaba aún el romance:

> ...*en la Pardina del monte*
> *allí encontraron a Paco;*
> *date, date a la justicia,*[28]
> *o aquí mismo te matamos.*

Pero don Valeriano se asomaba ya a la sacristía. «Con permiso», dijo. Vestía como los señores de la ciudad, pero en el chaleco

---

[27]*What's it to you/What business is it of yours?*
[28]*Give yourself up/surrender.*

llevaba más botones que de ordinario, y una gruesa cadena de oro con varios dijes colgando que sonaban al andar. Tenía don Valeriano la frente estrecha y los ojos huidizos. El bigote caía por los lados, de modo que cubría las comisuras de la boca. Cuando hablaba de dar dinero usaba la palabra *desembolso*, que le parecía distinguida. Al ver que Mosén Millán seguía con los ojos cerrados sin hacerle caso, se sentó y dijo:

—Mosén Millán, el último domingo dijo usted en el púlpito que había que olvidar. Olvidar no es fácil, pero aquí estoy el primero.

El cura afirmó con la cabeza sin abrir los ojos. Don Valeriano, dejando el sombrero en una silla, añadió:

—Yo la pago, la misa, salvo mejor parecer. Dígame lo que vale y como esos.[29]

Negó el cura con la cabeza y siguió con los ojos cerrados. Recordaba que don Valeriano fue uno de los que más influyeron en el desgraciado fin de Paco. Era administrador del duque, y, además, tenía tierras propias. Don Valeriano, satisfecho de sí, como siempre, volvía a hablar:

—Ya digo, fuera malquerencias.[30] En esto soy como mi difunto padre.

Mosén Millán oía en su recuerdo la voz de Paco. Pensaba en el día que se casó. No se casó Paco a ciegas, como otros mozos, en una explosión temprana de deseo. Las cosas se hicieron despacio y bien. En primer lugar, la familia de Paco estaba preocupada por las quintas. La probabilidad de que, sacando un número bajo, tuviera que ir al servicio militar los desvelaba a todos. La madre de Paco habló con el cura, y éste aconsejó pedir el favor a Dios y merecerlo con actos edificantes.

La madre propuso a su hijo que al llegar la Semana Santa fuera en la procesión del Viernes con un hábito de penitente,[G] como hacían otros, arrastrando con los pies descalzos dos cadenas atadas a los tobillos. Paco se negó. En años anteriores había visto a aquellos penitentes. Las cadenas que llevaban atadas a los pies tenían, al menos, seis metros de largas, y sonaban sobre las losas o la tierra

---

[29] *I'll pay for the Mass, if there's no objection. Tell me how much it is and here's the money.*
[30] *Away with spite/ill will.*

apelmazada de un modo bronco y terrible. Algunos expiaban así quién sabe qué pecados, y llevaban la cara descubierta por orden del cura, para que todos los vieran. Otros iban simplemente a pedir algún don, y preferían cubrirse el rostro.

Cuando la procesión volvía a la iglesia, al oscurecer, los penitentes sangraban por los tobillos, y al hacer avanzar cada pie recogían el cuerpo sobre el lado contrario y se inclinaban como bestias cansinas. Las canciones de las beatas sobre aquel rumor de hierros producían un contraste muy raro. Y cuando los penitentes entraban en el templo el ruido de las cadenas resonaban más, bajo las bóvedas. Entretanto, en la torre sonaban las matracas.

Paco recordaba que los penitentes viejos llevaban siempre la cara descubierta. Las mujerucas, al verlos pasar, decían en voz baja cosas tremendas.

—Mira —decía la Jerónima—. Ahí va Juan el del callejón de Santa Ana, el que robó a la viuda del sastre.

El penitente sudaba y arrastraba sus cadenas. Otras mujeres se llevaban la mano a la boca, y decían:

—Ése, Juan el de las vacas, es el que echó a su madre polvos de solimán pa' heredarla.

El padre de Paco, tan indiferente a las cosas de religión, había decidido atarse las cadenas a los tobillos. Se cubrió con el hábito negro y la capucha y se ciñó a la cintura el cordón blanco. Mosén Millán no podía comprender, y dijo a Paco:

—No tiene mérito lo de tu padre porque lo hace para no tener que apalabrar un mayoral en el caso de que tú tengas que ir al servicio. Paco repitió aquellas palabras a su padre, y él, que todavía se curaba con sal y vinagre las lesiones de los tobillos, exclamó:

—Veo que a Mosén Millán le gusta hablar más de la cuenta.[31]

Por una razón u otra, el hecho fue que Paco sacó en el sorteo uno de los números más altos, y que la alegría desbordaba en el hogar, y tenían que disimularla en la calle para no herir con ella a los que habían sacado números bajos.

Lo mejor de la novia de Paco, según los aldeanos, era su diligencia y laboriosidad. Por dos años antes de ser novios, Paco había pasado

---

[31]*I see Mosén Millán likes to talk too much/more than he should.*

68

día tras día al ir al campo frente a la casa de la chica. Aunque era la primera hora del alba, las ropas de cama estaban ya colgadas en las ventanas, y la calle no sólo barrida y limpia, sino regada y fresca en verano. A veces veía también Paco a la muchacha. La saludaba al pasar, y ella respondía. A lo largo de dos años el saludo fue haciéndose un poco más expresivo. Luego cambiaron palabras sobre cosas del campo. En febrero, por ejemplo, ella preguntaba:

—¿Has visto ya las cotovías?

—No, pero no tardarán —respondía Paco— porque ya comienza a florecer la aliaga.

Algún día, con el temor de no hallarla en la puerta o en la ventana antes de llegar, se hacía Paco presente dando voces a las mulas y, si aquello no bastaba, cantando. Hacia la mitad del segundo año, ella —que se llamaba Águeda— lo miraba ya de frente, y le sonreía. Cuando había baile iba con su madre y sólo bailaba con Paco.

Más tarde hubo un incidente bastante sonado. Una noche el alcalde prohibió rondar[H] al saber que había tres rondallas diferentes y rivales, y que podrían producirse violencias. A pesar de la prohibición salió Paco con los suyos, y la pareja de la guardia civil disolvió la ronda, y lo detuvo a él. Lo llevaba *a dormir a la cárcel*, pero Paco echó mano a los fusiles de los guardias y se los quitó. La verdad era que los guardias no podían esperar de Paco —amigo de ellos— una salida así. Paco se fue con los dos rifles a casa. Al día siguiente todo el pueblo sabía lo ocurrido, y Mosén Millán fue a ver al mozo, y le dijo que el hecho era grave, y no sólo para él, sino para todo el vecindario.

—¿Por qué? —preguntaba Paco.

Recordaba Mosén Millán que había habido un caso parecido en otro pueblo, y que el Gobierno condenó al municipio a estar sin guardia civil durante diez años.

—¿Te das cuenta? —le decía el cura, asustado.

—A mí no me importa estar sin guardia civil.

—No seas badulaque.

—Digo la verdad, Mosén Millán.

—¿Pero tú crees que sin guardia civil se podría sujetar a la gente? Hay mucha maldad en el mundo.

—No lo creo.

—¿Y la gente de las cuevas?

—En lugar de traer guardia civil, se podían quitar las cuevas, Mosén Millán.

—Iluso. Eres un iluso.

Entre bromas y veras el alcalde recuperó los fusiles y echó tierra al asunto.[32] Aquel incidente dio a Paco cierta fama de mozo atrevido. A Águeda le gustaba, pero le daba una inseguridad temerosa.

Por fin, Águeda y Paco se dieron palabra de matrimonio.[33] La novia tenía más nervio[34] que su suegra, y aunque se mostraba humilde y respetuosa, no se entendían bien. Solía decir la madre de Paco:

—Agua mansa.[35] Ten cuidado, hijo, que es agua mansa.

Pero Paco lo echaba a broma. Celos de madre. Como todos los novios, rondó la calle por la noche, y la víspera de San Juan llenó de flores y ramos verdes las ventanas, la puerta, el tejado y hasta la chimenea de la casa de la novia.

La boda fue como todos esperaban. Gran comida, música y baile. Antes de la ceremonia muchas camisas blancas estaban ya manchadas de vino al obstinarse los campesinos en beber en bota. Las esposas protestaban, y ellos decían riendo que había que emborrachar las camisas para darlas después a los pobres. Con esa expresión —darlas a los pobres— se hacían la ilusión de que ellos no lo eran.

Durante la ceremonia, Mosén Millán hizo a los novios una plática. Le recordó a Paco que lo había bautizado y confirmado, y dado la primera comunión. Sabiendo que los dos novios eran tibios en materia de religión, les recordaba también que la iglesia era la madre común y la fuente no sólo de la vida temporal, sino de la vida eterna. Como siempre, en las bodas algunas mujeres lloraban y se sonaban ruidosamente.

Mosén Millán dijo otras muchas cosas, y la última fue la siguiente: «Este humilde ministro del Señor ha bendecido vuestro lecho

---

[32]*Half-jokingly the mayor recovered the rifles and buried the matter/Treating it as a joke ... he covered it up.*

[33]*Became formally engaged*, i. e. when the boy's parents arrange the wedding date and dowry with the girl's parents.

[34]*Had a stronger character/was more outspoken.* The younger generation is presented as more spirited.

[35]*Still waters (run deep).*

natal, bendice en este momento vuestro lecho nupcial —hizo en el aire la señal de la Cruz—, y bendecirá vuestro lecho mortal, si Dios lo dispone así. *In nomine Patris et Filii....».*[36]

Eso del lecho mortal le pareció a Paco que no venía al caso. Recordó un instante los estertores de aquel pobre hombre a quien llevó la unción siendo niño. (Era el único lecho mortal que había visto). Pero el día no era para tristezas.

Terminada la ceremonia salieron. A la puerta les esperaba una rondalla de más de quince músicos con guitarras, bandurrias, requintos, hierros y panderetas, que comenzó a tocar rabiosamente. En la torre, el cimbal más pequeño volteaba.

Una mozuela decía viendo pasar la boda, con un cántaro en el anca:

—¡Todas se casan, y yo, mira!

La comitiva fue a la casa del novio. Las consuegras iban lloriqueando aún. Mosén Millán, en la sacristía, se desvistió de prisa para ir cuanto antes a participar de la fiesta. Cerca de la casa del novio encontró al zapatero, vestido de gala. Era pequeño, y como casi todos los del oficio, tenía anchas caderas. Mosén Millán, que tuteaba a todo el mundo, lo trataba a él de usted. Le preguntó si había estado en la casa de Dios.

—Mire, Mosén Millán. Si aquello es la casa de Dios, yo no merezco estar allí, y si no lo es, ¿para qué?

El zapatero encontró todavía antes de separarse del cura un momento para decirle algo de veras extravagante. Le dijo que sabía de buena tinta que en Madrid el rey se tambaleaba, y que si caía, muchas cosas iban a caer con él. Como el zapatero olía a vino, el cura no le hizo mucho caso. El zapatero repetía con una rara alegría:

—En Madrid pintan bastos,[37] señor cura.

Podía haber algo de verdad, pero el zapatero hablaba fácilmente. Sólo había una persona que en eso se le pudiera igualar: la Jerónima.

---

[36]*In the name of the Father and of the Son* ... The formula that accompanies the Sign of the Cross made in blessing. Significantly, the reference to the Holy Ghost in the Trinity (the love between Father and Son) tails away.

[37]*Clubs are trumps/clubs are being dealt.* A phrase from card-playing when the suit is revealed, here symbolising the arms of revolution.

Era el zapatero como un viejo gato, ni amigo ni enemigo de nadie, aunque con todos hablaba. Mosén Millán recordaba que el periódico de la capital de la provincia no disimulaba su alarma ante lo que pasaba en Madrid. Y no sabía qué pensar.

Veía el cura a los novios solemnes, a los invitados jóvenes ruidosos, y a los viejos discretamente alegres. Pero no dejaba de pensar en las palabras del zapatero. Éste se había puesto, según dijo, el traje que llevó en su misma boda, y por eso olía a alcanfor. A su alrededor se agrupaban seis u ocho invitados, los menos adictos a la parroquia. Debía estar hablándoles —pensaba Mosén Millán— de la próxima caída del rey y de que en Madrid *pintaban bastos*.

Comenzaron a servir vino. En una mesa había pimientos en adobo, hígado de pollo y rabanitos en vinagre para abrir el apetito. El zapatero se servía mientras elegía entre las botellas que había al lado. La madre del novio le dijo indicándole una:

—Este vino es de los que raspan.

En la sala de al lado estaban las mesas. En la cocina, la Jerónima arrastraba su pata reumática.

Era ya vieja, pero hacía reír a la gente joven:

—No me dejan salir de la cocina —decía— porque tienen miedo de que con mi aliento agrie el vino. Pero me da igual. En la cocina está lo bueno. Yo también sé vivir. No me casé, pero por detrás de la iglesia tuve todos los hombres que se me antojaban. Soltera, soltera, pero con la llave en la gatera.[38]

Las chicas reían escandalizadas.

Entraba en la casa el señor Cástulo Pérez. Su presencia causó sensación porque no lo esperaban. Llegaba con dos floreros de porcelana envueltos en papel y cuidadosamente atados con una cinta. «No sé qué es esto —dijo dándoselos a la madre de la novia—. Cosas de la dueña.» Al ver al cura se le acercó:

—Mosén Millán, parece que en Madrid van a darle la vuelta a la tortilla.[39]

---

[38]*An old maid, but with a key in the hole/catflap.* A humorous proverb denoting free sexual activity.

[39]*The table's being turned/The boot's on the other foot.*

Del zapatero se podía dudar, pero refrendado por el señor Cástulo, no. Y éste, que era hombre prudente, buscaba, al parecer, el arrimo de Paco el del Molino. ¿Con qué fin? Había oído el cura hablar de elecciones. A las preguntas del cura, el señor Cástulo decía evasivo: «Un *runrún* que corre». Luego, dirigiéndose al padre del novio, gritó con alegría:

—Lo importante no es si ponen o quitan rey,[1] sino saber si la rosada mantiene el tempero de las viñas. Y si no, que lo diga Paco.[40]

—Bien que le importan a Paco las viñas en un día como hoy —dijo alguien

Con sus apariencias simples, el señor Cástulo era un carácter fuerte. Se veía en sus ojos fríos y escrutadores. Al dirigirse al cura antes de decir lo que se proponía hacía un preámbulo: «Con los respetos debidos...». Pero se veía que esos respetos no eran muchos.

Iban llegando nuevos invitados y parecían estar ya todos.

Sin darse cuenta habían ido situándose por jerarquías sociales. Todos de pie, menos el sacerdote, se alineaban contra el muro, alrededor de la sala. La importancia de cada cual —según las propiedades que tenía— determinaba su proximidad o alejamiento de la cabecera del cuarto en donde había dos mecedoras y una vitrina con mantones de Manila y abanicos de nácar, de los que la familia estaba orgullosa.

Al lado, en una mecedora, Mosén Millán. Cerca los novios, de pie, recibiendo los parabienes de los que llegaban, y tratando con el dueño del único automóvil de alquiler que había en la aldea el precio del viaje hasta la estación del ferrocarril. El dueño del coche, que tenía la contrata del servicio de correos, decía que le prohibían llevar al mismo tiempo más de dos viajeros, y tenía uno apalabrado, de modo que serían tres si llevaba a los novios. El señor Cástulo intervino, y ofreció llevarlos en su automóvil. Al oír este ofrecimiento, el cura puso atención. No creía que Cástulo fuera tan amigo de la casa.

Aprovechando las idas y venidas de las mozas que servían, la Jerónima enviaba algún mensaje vejatorio al zapatero, y éste

[40]*Let Paco be the judge.*

73

explicaba a los más próximos:

—La Jerónima y yo tenemos un telégrafo amoroso.

En aquel momento una rondalla rompía a tocar en la calle. Alguien cantó:

> *En los ojos de los novios*
> *relucían dos luceros;*
> *ella es la flor de la ontina,*
> *y él es la flor del romero.*

La segunda canción después de un largo espacio de alegre jota de baile volvía a aludir a la boda, como era natural:

> *Viva Paco el del Molino*
> *y Águeda la del buen garbo,*
> *que ayer eran sólo novios,*
> *y ahora son ya desposados.*

La rondalla siguió con la energía con que suelen tocar los campesinos de manos rudas y corazón caliente. Cuando creyeron que habían tocado bastante, fueron entrando. Formaron grupo al lado opuesto de la cabecera del salón, y estuvieron bebiendo y charlando. Después pasaron todos al comedor.

En la presidencia se instalaron los novios, los padrinos, Mosén Millán, el señor Cástulo y algunos otros labradores acomodados. El cura hablaba de la infancia de Paco y contaba sus diabluras, pero también su indignidad contra los búhos que mataban por la noche a los gatos extraviados, y su deseo de obligar a todo el pueblo a visitar a los pobres de las cuevas y a ayudarles. Hablando de esto vio en los ojos de Paco una seriedad llena de dramáticas reservas, y entonces el cura cambió de tema, y recordó con benevolencia el incidente del revólver, y hasta sus aventuras en la plaza del agua.

No faltó en la comida la perdiz en adobo ni la trucha al horno, ni el capón relleno. Iban de mano en mano porrones, botas, botellas, con vinos de diferentes cosechas.

La noticia de la boda llegó al carasol, donde las viejas hilanderas bebieron a la salud de los novios el vino que llevaron la Jerónima y el zapatero. Éste se mostraba más alegre y libre de palabra que otras veces, y decía que los curas son las únicas personas a quienes todo el mundo llama padre, menos sus hijos, que los llaman tíos.

Las viejas aludían a los recién casados:

—Frescas están ya las noches.

—Lo propio para dormir con compañía.

Una decía que cuando ella se casó había nieve hasta la rodilla.

—Malo para el novio —dijo otra.

—¿Por qué?

—Porque tendría sus noblezas escondidas en los riñones, con la helada.

—Eh, tú, culo de hanega.[41] Cuando enviudes, échame un parte —gritó la Jerónima.

El zapatero, con más deseos de hacer reír a la gente que de insultar a la Jerónima, fue diciéndole una verdadera letanía de desvergüenzas:

Cállate, penca del diablo, pata de afilador, albarda, zurupeta, tía chamusca, estropajo. Cállate, que te traigo una buena noticia: Su Majestad el rey va envidao y se lo lleva la trampa.[42]

—¿Y a mí qué?[43]

—Que en la república no empluman a las brujas.

Ella decía de sí misma que volaba en una escoba, pero no permitía que se lo dijeran los demás. Iba a responder cuando el zapatero continuó:

—Te lo digo a ti, zurrapa, trotona, chirigaita, mochilera, trasgo, pendón, zancajo, pinchatripas, ojisucia, mocarra, fuina…

La ensalmadora se apartaba mientras él la seguía con sus dicharachos. Las viejas del carasol reventaban de risa, y antes de que llegaran las reacciones de la Jerónima, que estaba confusa, decidió el zapatero retirarse victorioso. Por el camino tendía la oreja a ver lo que decían detrás. Se oía la voz de la Jerónima:

—¿Quién iba a decirme que ese monicaco tenía tantas *dijendas* en

[41]*Fanega*, the measure for land (1. 59 acres) and wheat (1. 58 bushels) is colourfully applied to the vulgar term for 'backside' to indicate the width of the cobbler's through sitting.

[42]*The King's been sent packing and he's lost the trick,* i. e. the game's up (through maladministration).

[43]*So what?*

75

el estómago?

Y volvían a hablar de los novios. Paco era el mozo *mejor plantao*[44] del pueblo, y se había llevado la novia que merecía. Volvían a aludir a la noche de novios con expresiones salaces.

Siete años después, Mosén Millán recordaba la boda sentado en el viejo sillón de la sacristía. No abría los ojos para evitarse la molestia de hablar con don Valeriano, el alcalde. Siempre le había sido difícil entenderse con él porque aquel hombre no escuchaba jamás.

Se oían en la iglesia las botas de campo de don Gumersindo. No había en la aldea otras botas como aquellas, y Mosén Millán supo que era él mucho antes de llegar a la sacristía. Iba vestido de negro, y al ver al cura con los ojos cerrados, habló en voz baja para saludar a don Valeriano. Pidió permiso para fumar, y sacó la petaca. Entonces, Mosén Millán abrió los ojos.

—¿Ha venido alguien más? —preguntó.

—No, señor —dijo don Gumersindo disculpándose como si tuviera él la culpa—. No he vísto como el que dice un alma en la iglesia.[45]

Mosén Millán parecía muy fatigado, y volvió a cerrar los ojos y a apoyar la cabeza en el muro. En aquel momento entró el monaguillo, y don Gumersindo le preguntó:

—Eh, zagal. ¿Sabes por quién es la misa?

El chico recurrió al romance en lugar de responder:

> —*Ya lo llevan cuesta arriba*
> *camino del camposanto...*

—No lo digas todo, zagal, porque aquí, el alcalde, te llevará a la cárcel.

El monaguillo miró a don Valeriano, asustado. Éste, la vista perdida en el techo, dijo:

—Cada broma quiere su tiempo y lugar.[46]

---

[44]*With the best physique.* The *ao* ending of *plantao* (*well-built/well-equipped*) indicates regional pronunciation.

[45]*There's not a soul, so to speak, in the church.*

[46]*There's a time and a place for everything.*

Se hizo un silencio penoso. Mosén Millán abrió los ojos otra vez, y se encontró con los de don Gumersindo, que murmuraba:

—La verdad es que no sé si sentirme[47] con lo que dice.

El cura intervino diciendo que no había razón para *sentirse*. Luego ordenó al monaguillo que saliera a la plaza a ver si había gente esperando para la misa. Solía quedarse allí algún grupo hasta que las campanas acababan de tocar. Pero el cura quería evitar que el monaguillo dijera la parte del romance en la que se hablaba de él:

> *aquel que lo bautizara,*[48]
> *Mosén Millán el nombrado,*
> *en confesión desde el coche*
> *le escuchaba los pecados.*

Estaba don Gumersindo siempre hablando de su propia bondad —*como el que dice*— y de la gente desagradecida que le devolvía mal por bien. Eso le parecía especialmente adecuado delante del cura y de don Valeriano en aquel momento. De pronto tuvo un arranque generoso:

—Mosén Millán. ¿Me oye, señor cura? Aquí hay dos duros para la misa de hoy.

El sacerdote abrió los ojos, somnolente, y advirtió que el mismo ofrecimiento había hecho don Valeriano, pero que le gustaba decir la misa sin que nadie la pagara. Hubo un largo silencio. Don Valeriano arrollaba su cadena en el dedo índice y luego la dejaba resbalar. Los dijes sonaban. Uno tenía un rizo de pelo de su difunta esposa. Otro, una reliquia del santo P. Claret[J] heredada de su bisabuelo. Hablaba en voz baja de los precios de la lana y del cuero, sin que nadie le contestara.

Mosén Millán, con los ojos cerrados, recordaba aún el día de la boda de Paco. En el comedor, una señora había perdido un pendiente, y dos hombres andaban a cuatro manos buscándolo. Mosén Millán pensaba que en las bodas siempre hay una mujer a quien se le cae un pendiente, y lo busca, y no lo encuentra.

La novia, perdida la palidez de la primera hora de la mañana —por

---

[47]*Be offended/take offence* (at a remark).
[48]*Had baptised* (pluperfect).

el insomnio de la noche anterior—, había recobrado sus colores. De vez en cuando consultaba el novio la hora. Y a media tarde se fueron a la estación conducidos por el mismo señor Cástulo.

La mayor parte de los invitados habían salido a la calle a despedir a los novios con vítores y bromas. Muchos desde allí volvieron a sus casas. Los más jóvenes fueron al baile.

Se entretenía Mosén Millán con aquellas memorias para evitar oír lo que decían don Gumersindo y don Valeriano, quienes hablaban, como siempre, sin escucharse el uno al otro.

Tres semanas después de la boda volvieron Paco y su mujer, y el domingo siguiente se celebraron elecciones. Los nuevos concejales eran jóvenes, y con excepción de algunos, según don Valeriano, gente baja. El padre de Paco vio de pronto que todos los que con él habían sido elegidos se consideraban contrarios al duque y *echaban roncas* contra el sistema de arrendamientos de pastos. Al saber esto Paco el del Molino, se sintió feliz, y creyó por vez primera que la política valía para algo. «Vamos a quitarle la hierba al duque», repetía.

El resultado de la elección dejó a todos un poco extrañados. El cura estaba perplejo. Ni uno solo de los concejales se podía decir que fuera hombre de costumbres religiosas. Llamó a Paco, y le preguntó:

—¿Qué es eso que me han dicho de los montes del duque?

—Nada —dijo Paco—. La verdad. Vienen tiempos nuevos, Mosén Millán.

—¿Qué novedades son esas?

—Pues que el rey se va con la música a otra parte, y lo que yo digo: buen viaje.[49]

Pensaba Paco que el cura le hablaba a él porque no se atrevía a hablarle de aquello a su padre. Añadió:

—Diga la verdad, Mosén Millán. Desde aquel día que fuimos a la cueva a llevar el santolio sabe usted que yo y otros cavilamos para remediar esa vergüenza. Y más ahora que se ha presentado la ocasión.

—¿Qué ocasión? Eso se hace con dinero. ¿De dónde vais a sacarlo?

[49]*The King's off for foreign parts, and good riddance, say I.*

78

—Del duque. Parece que a los duques les ha llegado su San Martín.[50]

—Cállate, Paco. Yo no digo que el duque tenga siempre razón. Es un ser humano tan falible como los demás, pero hay que andar en esas cosas con pies de plomo, y no alborotar a la gente ni remover las bajas pasiones.

Las palabras del joven fueron comentadas en el carasol. Decían que Paco había dicho al cura: «A los reyes, a los duques y a los curas los vamos a pasar a cuchillo,[51] como a los cerdos por San Martín». En el carasol siempre se exageraba.

Se supo de pronto que el rey había huido de España. La noticia fue tremenda para don Valeriano y para el cura. Don Gumersindo no quería creerla, y decía que eran cosas del zapatero. Mosén Millán estuvo dos semanas sin salir de la abadía, yendo a la iglesia por la puerta del huerto y evitando hablar con nadie. El primer domingo fue mucha gente a misa esperando la reacción de Mosén Millán, pero el cura no hizo la menor alusión. En vista de esto el domingo siguiente estuvo el templo vacío.

Paco buscaba al zapatero, y lo encontraba taciturno y reservado.

Entretanto, la bandera tricolor[52] flotaba al aire en el balcón de la casa consistorial y encima de la puerta de la escuela. Don Valeriano y don Gumersindo no aparecían por ningún lado, y Cástulo buscaba a Paco, y se exhibía con él, pero jugaba con dos barajas, y cuando veía al cura le decía en voz baja:

—¿A dónde vamos a parar, Mosén Millán?

Hubo que repetir la elección en la aldea porque había habido incidentes que, a juicio de don Valeriano, la hicieron ilegal. En la segunda elección el padre de Paco cedió el puesto a su hijo. El muchacho fue elegido.

En Madrid suprimieron los *bienes de señorío*,[53] de origen

---

[50]*The dukes' time is up/their day of reckoning is nigh.* Martinmas (11 November) was the season for slaughtering pigs in order to preserve the meat for winter.

[51]*Put them to the sword/slit their throats.*

[52]Republican flag; a third band of purple was added to the red and gold Monarchist bicolour.

[53]Land granted by the king along with titles of nobility as battle honours, often dating back to the Reconquest. For a succinct account of the complexities of the land reform, see H. Thomas, *The Spanish Civil War*, pp. 78–85.

medioeval y los incorporaron a los municipios. Aunque el duque alegaba que sus montes no entraban en aquella clasificación, las cinco aldeas acordaron, por iniciativa de Paco, no pagar mientras los tribunales decidían. Cuando Paco fue a decírselo a don Valeriano, éste se quedó un rato mirando al techo y jugando con el guardapelo de la difunta. Por fin se negó a darse por enterado, y pidió que el municipio se lo comunicara por escrito.

La noticia circuló por el pueblo. En el carasol se decía que Paco había amenazado a don Valeriano. Atribuían a Paco todas las arrogancias y desplantes a los que no se atrevían los demás. Querían en el carasol a la familia de Paco y a otras del mismo tono cuyos hombres, aunque tenían tierras, trabajaban de sol a sol. Las mujeres del carasol iban a misa, pero se divertían mucho con la Jerónima cuando cantaba aquella canción que decía:

> *el cura le dijo al ama*
> *que se acostara a los pies.*[54]

No se sabía exactamente lo que planeaba el ayuntamiento «en favor de los que vivían en las cuevas», pero la imaginación de cada cual trabajaba, y las esperanzas de la gente humilde crecían. Paco había tomado muy en serio el problema, y las reuniones del municipio no trataban de otra cosa.

Paco envió a don Valeriano el acuerdo del municipio, y el administrador lo transmitió a su amo. La respuesta telegráfica del duque fue la siguiente: *Doy orden a mis guardas de que vigilen mis montes, y disparen sobre cualquier animal o persona que entre en ellos. El municipio debe hacerlo pregonar para evitar la pérdida de bienes o de vidas humanas.* Al leer esta respuesta, Paco propuso al alcalde que los guardas fueran destituidos, y que les dieran un cargo mejor retribuido en el sindicato de riegos,[55] en la huerta. Estos guardas no eran más que tres, y aceptaron contentos. Sus carabinas fueron a parar a un rincón del salón de sesiones, y los

---

[54]Anticlerical jibes traditionally hint at sexual overtones in the relationship between priest and housekeeper, often called 'niece'.

[55]The municipal irrigation system in the fields is controlled through a syndicate which guards the water rights and penalises infringements.

ganados del pueblo entraban en los montes del duque sin dificultad.

Don Valeriano, después de consultar varias veces con Mosén Millán, se arriesgó a llamar a Paco, quien acudió a su casa. Era la de don Valeriano grande y sombría, con balcones volados y puerta cochera. Don Valeriano se había propuesto ser conciliador y razonable, y lo invitó a merendar. Le habló del duque de una manera familiar y ligera. Sabía que Paco solía acusarlo de no haber estado nunca en la aldea, y eso no era verdad. Tres veces había ido en los últimos años a ver sus propiedades, pero no hizo noche en aquel pueblo, sino en el de al lado. Y aun se acordaba don Valeriano de que cuando el señor duque y la señora duquesa hablaban con el guarda más viejo, y éste escuchaba con el sombrero en la mano, sucedió una ocurrencia memorable. La señora duquesa le preguntaba al guarda por cada una de las personas de su familia, y al preguntarle por el hijo mayor, don Valeriano se acordaba de las mismas palabras del guarda, y las repetía:

—¿Quién, Miguel? —dijo el guarda—. ¡Tóquele vuecencia los cojones a Miguelico, que está en Barcelona[56] ganando nueve pesetas diarias!

Don Valeriano reía. También rió Paco, aunque de pronto se puso serio, y dijo:

—La duquesa puede ser buena persona, y en eso no me meto. Del duque he oído cosas de más y de menos.[57] Pero nada tiene que ver con nuestro asunto.

—Eso es verdad. Pues bien, yendo al asunto, parece que el señor duque está dispuesto a negociar con usted —dijo don Valeriano.

—¿Sobre el monte? —don Valeriano afirmó con el gesto—. No hay que negociar, sino bajar la cabeza.

Don Valeriano no decía nada, y Paco se atrevió a añadir:

—Parece que el duque templa muy a lo antiguo.[58]

Seguía don Valeriano en silencio, mirando al techo.

---

[56]*The young bugger's in Barcelona, your Excellency*. The diminutive suffix *ico* is regional and the incongruous mixture of colloquial register and formal address produces unconscious humour.

[57]*I've heard good and bad things about the Duke.*

[58]*The Duke's singing a very old tune.*

—Otra jota cantamos, por aquí[59] — añadió Paco.

Por fin habló don Valeriano:

—Hablas de bajar la cabeza. ¿Quién va a bajar la cabeza? Sólo la bajan los cabestros.

—Y los hombres honrados cuando hay una ley.

—Ya lo veo, pero el abogado del señor duque piensa de otra manera. Y hay leyes y leyes.

Paco se sirvió vino diciendo entre dientes: *con permiso.* Esta pequeña libertad ofendió a don Valeriano, quien sonrió, y dijo: *sírvase,* cuando Paco había llenado ya su vaso.

Volvió Paco a preguntar:

—¿De qué manera va a negociar el duque? No hay más que dejar los montes, y no volver a pensar en el asunto.

Don Valeriano miraba el vaso de Paco, y se atusaba despacio los bigotes, que estaban tan lamidos y redondeados, que parecían postizos. Paco murmuró:

—Habría que ver qué papeles tiene el duque sobre esos montes. ¡Si es que tiene alguno!

Don Valeriano estaba irritado:

—También en eso te equivocas. Son muchos siglos de usanza, y eso tiene fuerza. No se deshace en un día lo que se ha hecho en cuatrocientos años. Los montes no son botellicas de vino —añadió viendo que Paco volvía a servirse—, sino fuero. Fuero de reyes.[60]

—Lo que hicieron los hombres, los hombres lo deshacen, creo yo.

—Sí, pero de hombre a hombre va algo.[61]

Paco negaba con la cabeza.

—Sobre este asunto —dijo bebiendo el segundo vaso y chascando la lengua— dígale al duque que si tiene tantos derechos, puede venir a defenderlos él mismo, pero que traiga un rifle nuevo, porque los de los guardas los tenemos nosotros.

—Paco, parece mentira. ¿Quién iba a pensar que un hombre con un jaral y un par de mulas tuviera aliento para hablar así? Después de esto no me queda nada que ver en el mundo.

---

[59]*We're singing a very different tune here now.* The *jota* is the regional song and dance of Aragón and the formula implies that they are now their own men.

[60]Ancient privilege granted and guaranteed by the king.

[61]*There are degrees of difference among men/All men are not equals.*

Terminada la entrevista, cuyos términos comunicó don Valeriano al duque, éste volvió a enviar órdenes, y el administrador, cogido entre dos fuegos, no sabía qué hacer, y acabó por marcharse del pueblo después de ver a Mosén Millán, contarle a su manera lo sucedido y decirle que el pueblo se gobernaba por las *dijendas* del carasol. Atribuía a Paco amenazas e insultos e insistía mucho en aquel detalle de la botella y el vaso. El cura unas veces le escuchaba y otras no.

Mosén Millán movía la cabeza con lástima recordando todo aquello desde su sacristía. Volvía el monaguillo a apoyarse en el quicio de la puerta, y como no podía estar quieto, frotaba una bota contra la otra, y mirando al cura recordaba todavía el romance:

> *Entre cuatro lo llevaban*
> *adentro del camposanto,*
> *madres, las que tenéis hijos,*
> *Dios os los conserva sanos,*
> *y el Santo Ángel de la Guarda...*

El romance hablaba luego de otros reos que murieron también entonces, pero el monaguillo no se acordaba de los nombres. Todos habían sido asesinados en aquellos mismos días. Aunque el romance no decía eso, sino *ejecutados*.

Mosén Millán recordaba. En los últimos tiempos la fe religiosa de don Valeriano se había debilitado bastante. Solía decir que un Dios que permitía lo que estaba pasando, no merecía tantos miramientos. El cura le oía fatigado. Don Valeriano había regalado años atrás una verja de hierro de forja para la capilla del Cristo, y el duque había pagado los gastos de reparación de la bóveda del templo dos veces. Mosén Millán no conocía el vicio de la ingratitud.

En el carasol se decía que con el arriendo de pastos, cuyo dinero iba al municipio, se hacían planes para mejorar la vida de la aldea. Bendecían a Paco el del Molino, y el elogio más frecuente entre aquellas viejecillas del carasol era decir que *los tenía bien puestos.*[62]

---

[62]*He had balls.* The italics indicate the vocal intonation of the racy idiom within the indirect speech; they also signal the authorial intention of underlining the concept of *hombría.*

En el pueblo de al lado estaban canalizando el agua potable y llevándola hasta la plaza. Paco el del Molino tenía otro plan —su pueblo no necesitaba ya aquella mejora—, y pensaba en las cuevas, a cuyos habitantes imaginaba siempre agonizando entre estertores, sin luz, ni fuego, ni agua. Ni siquiera aire que respirar.

En los terrenos del duque había una ermita cuya festividad se celebraba un día del verano, con romería. Los romeros hacían ese día regalos al sacerdote, y el municipio le pagaba la misa. Aquel año se desentendió el alcalde, y los campesinos siguieron su ejemplo. Mosén Millán llamó a Paco, quien le dijo que todo obedecía a un acuerdo del ayuntamiento.

—¿El ayuntamiento, dices? ¿Y qué es el ayuntamiento? —preguntaba el cura, irritado.

Paco sentía ver a Mosén Millán tan fuera de sí, y dijo que como aquellos terrenos de la ermita habían sido del duque, y la gente estaba contra él, se comprendía la frialdad del pueblo con la romería. Mosén Millán dijo en un momento de pasión:

—¿Y quién eres tú para decirle al duque que si viene a los montes, no dará más de tres pasos porque lo esperarás con la carabina de uno de los guardas? ¿No sabes que eso es una amenaza criminal?

Paco no había dicho nada de aquello. Don Valeriano mentía. Pero el cura no quería oír las razones de Paco.

En aquellos días el zapatero estaba nervioso y desorientado. Cuando le preguntaban, decía:

—Tengo barruntos.

Se burlaban de él en el carasol, pero el zapatero decía:

—Si el cántaro da en la piedra, o la piedra en el cántaro, mal para el cántaro.[63]

Esas palabras misteriosas no aclaraban gran cosa la situación. El zapatero se había pasado la vida esperando aquello, y al verlo llegar, no sabía qué pensar ni qué hacer. Algunos concejales le ofrecieron el cargo de juez de riegos —para resolver los problemas de competencia en el uso de las aguas de la acequia principal.

—Gracias —dijo él—, pero yo me atengo al refrán que dice:

[63]*If the pitcher strikes the stone, or the stone strikes the pitcher, too bad for the pitcher,* i. e. whoever starts the conflict, human life (clay) is fragile.

zapatero a tus zapatos.[64]

Poco a poco se fue acercando al cura. El zapatero tenía que estar contra el que mandaba, no importaba la doctrina o el color. Don Gumersindo se había marchado también a la capital de la provincia, lo que molestaba bastante al cura. Éste decía:

—Todos se van, pero yo, aunque pudiera, no me iría. Es una deserción.

A veces el cura parecía tratar de entender a Paco, pero de pronto comenzaba a hablar de la falta de respeto de la población y de su propio martirio. Sus discusiones con Paco siempre acababan en eso: en ofrecerse como víctima propiciatoria. Paco reía:

—Pero si nadie quiere matarle, Mosén Millán.

La risa de Paco ponía al cura frenético, y dominaba sus nervios con dificultad.

Cuando la gente comenzaba a olvidarse de don Valeriano y don Gumersindo, éstos volvieron de pronto a la aldea. Parecían seguros de sí, y celebraban conferencias con el cura, a diario. El señor Cástulo se acercaba, curioso, pero no podía averiguar nada. No se fiaban de él.

Un día del mes de julio la guardia civil de la aldea se marchó con órdenes de concentrarse —segun decían— en algún lugar a donde acudían las fuerzas de todo el distrito. Los concejales sentían alguna amenaza en el aire, pero no podían concretarla.

Llegó a la aldea un grupo de señoritos[65] con vergas y con pistolas. Parecían personas de poco más o menos,[66] y algunos daban voces histéricas. Nunca habían visto gente tan desvergonzada. Normalmente a aquellos tipos rasurados y finos como mujeres los llamaban en el carasol *pijaitos*,[67] pero lo primero que hicieron fue dar una paliza tremenda al zapatero, sin que le valiera para nada su neutralidad. Luego mataron a seis campesinos —entre ellos cuatro de los que vivían en las cuevas— y dejaron sus cuerpos en las

---

[64]*Cobbler, stick to your last,* i. e. mind your own business.

[65]Rich young men. The Falange attracted right-wing students and the sons of the well-to-do; they carried pistols in their campaigns of terror.

[66]*Insignificant/undistinguished/of little standing or rank.*

[67]*Little pricks.* Sender, *Monte Odina*, p. 122, recalls that this is the Aragonese peasant term for city-slickers. In the text it contrasts with the term used for Paco's *hombría* (see n. 62).

cunetas de la carretera entre el pueblo y el carasol. Como los perros acudían a lamer la sangre, pusieron a uno de los guardas del duque de vigilancia para alejarlos. Nadie preguntaba. Nadie comprendía. No había guardias civiles que salieran al paso de los forasteros.

En la iglesia, Mosén Millán anunció que estaría *El Santísimo* expuesto día y noche, y después protestó ante don Valeriano —al que los señoritos habían hecho alcalde— de que hubieran matado a los seis campesinos sin darles tiempo para confesar. El cura se pasaba el día y parte de la noche rezando.

El pueblo estaba asustado, y nadie sabía qué hacer. La Jerónima iba y venía, menos locuaz que de costumbre. Pero en el carasol insultaba a los señoritos forasteros, y pedía para ellos tremendos castigos. Esto no era obstáculo para que cuando veía al zapatero le hablara de leña, de *bandeo,* de varas de medir y de otras cosas que aludían a la paliza. Preguntaba por Paco, y nadie sabía darle razón. Había desaparecido, y lo buscaban, eso era todo.

Al día siguiente de haberse burlado la Jerónima del zapatero, éste apareció muerto en el camino del carasol con *la cabeza volada.* La pobre mujer fue a ponerle encima una sábana, y después se encerró en su casa, y estuvo tres días sin salir. Luego volvió a asomarse a la calle poco a poco, y hasta se acercó al carasol, donde la recibieron con reproches e insultos. La Jerónima lloraba (nadie la había visto llorar nunca), y decía que merecía que la mataran a pedradas, como a una culebra.

Pocos días más tarde, en el carasol, la Jerónima volvía a sus bufonadas mezclándolas con juramentos y amenazas.

Nadie sabía cuándo mataban a la gente. Es decir, lo sabían, pero nadie los veía. Lo hacían por la noche, y durante el día el pueblo parecía en calma.

Entre la aldea y el carasol habían aparecido abandonados cuatro cadáveres más, los cuatro de concejales.

Muchos de los habitantes estaban fuera de la aldea segando. Sus mujeres seguían yendo al carasol, y repetían los nombres de los que iban cayendo. A veces rezaban, pero después se ponían a insultar con voz recelosa a las mujeres de los ricos, especialmente a la Valeriana y a la Gumersinda. La Jerónima decía que la peor de todas era la mujer de Cástulo, y que por ella habían matado al zapatero.

—No es verdad —dijo alguien—. Es porque el zapatero dicen que era agente de Rusia.

Nadie sabía qué era la Rusia,[68] y todos pensaban en la yegua roja de la tahona, a la que llamaban así. Pero aquello no tenía sentido. Tampoco lo tenía nada de lo que pasaba en el pueblo. Sin atreverse a levantar la voz comenzaban con sus *dijendas*:

—La Cástula es una verruga peluda.

—Una estaferma.

La Jerónima no se quedaba atrás:

—Un escorpión cebollero.

—Una liendre sebosa.

—Su casa —añadía la Jerónima— huele a fogón meado.

Había oído decir que aquellos señoritos de la ciudad iban a matar a todos los que habían votado contra el rey. La Jerónima, en medio de la catástrofe, percibía algo mágico y sobrenatural, y sentía en todas partes el olor de sangre. Sin embargo, cuando desde el carasol oía las campanas y a veces el yunque del herrero haciendo contrapunto, no podía evitar algún meneo y bandeo de sayas. Luego maldecía otra vez, y llamaba *patas puercas* a la Gumersinda. Trataba de averiguar qué había sido de Paco el del Molino, pero nadie sabía sino que lo buscaban. La Jerónima se daba por enterada, y decía:

—A ese buen mozo no lo atraparán así como así.

Aludía otra vez a las cosas que había visto cuando de niño le cambiaba los pañales.

Desde la sacristía, Mosén Millán recordaba la horrible confusión de aquellos días, y se sentía atribulado y confuso. Disparos por la noche, sangre, malas pasiones, habladurías, procacidades de aquella gente forastera, que, sin embargo, parecía educada. Y don Valeriano se lamentaba de lo que sucedía y al mismo tiempo empujaba a los señoritos de la ciudad a matar más gente. Pensaba el cura en Paco. Su padre estaba en aquellos días en casa. Cástulo Pérez lo había garantizado diciendo que era *trigo limpio*.[69] Los

[68]The peasants think this is a reference to a red mare, from the dialect word *ruso*, red.

[69]*Clean/Above board*. A term much used by the Right in 'cleaning up'; in relation to the Falangist blueshirts, it might be translated as *true blue*, but the wheat in the Spanish idiom ties in with the wheat/bread motif in relation to Paco/Christ as slain gods of the corn.

otros ricos no se atrevían a hacer nada contra él esperando echarle mano al hijo.

Nadie más que el padre de Paco sabía dónde su hijo estaba. Mosén Millán fue a su casa.

—Lo que está sucediendo en el pueblo —dijo— es horrible y no tiene nombre.

El padre de Paco lo escuchaba sin responder, un poco pálido. El cura siguió hablando. Vio ir y venir a la joven esposa como una sombra, sin reír ni llorar. Nadie lloraba y nadie reía en el pueblo. Mosén Millán pensaba que sin risa y sin llanto la vida podía ser horrible como una pesadilla.

Por uno de esos movimientos en los que la amistad tiene a veces necesidad de mostrarse meritoria, Mosén Millán dio la impresión de que sabía dónde estaba escondido Paco. Dando a entender que lo sabía, el padre y la esposa tenían que agradecerle su silencio. No dijo el cura concretamente que lo supiera, pero lo dejó entender. La ironía de la vida quiso que el padre de Paco cayera en aquella trampa. Miró al cura pensando precisamente lo que Mosén Millán quería que pensara: «Si lo sabe, y no ha ido con el soplo, es un hombre honrado y enterizo». Esta reflexión le hizo sentirse mejor. A lo largo de la conversación el padre de Paco reveló el escondite del hijo, creyendo que no decía nada nuevo al cura. Al oírlo, Mosén Millán recibió una tremenda impresión. «Ah —se dijo—, más valdría que no me lo hubiera dicho. ¿Por qué he de saber yo que Paco está escondido en las Pardinas?» Mosén Millán tenía miedo, y no sabía concretamente de qué. Se marchó pronto, y estaba deseando verse ante los forasteros de las pistolas para demostrarse a sí mismo su entereza y su lealtad a Paco. Así fue. En vano estuvieron el centurión y sus amigos hablando con él toda la tarde. Aquella noche Mosén Millán rezó y durmió con una calma que hacía tiempo no conocía.

Al día siguiente hubo una reunión en el ayuntamiento, y los forasteros hicieron discursos y dieron grandes voces. Luego quemaron la bandera tricolor y obligaron a acudir todos los vecinos del pueblo y a saludar levantando el brazo cuando lo mandaba el centurión. Éste era un hombre con cara bondadosa y gafas oscuras. Era difícil imaginar a aquel hombre matando a nadie. Los campesinos creían que aquellos hombres que hacían gestos innecesarios y juntaban los tacones y daban gritos estaban mal de la cabeza, pero viendo a Mosén Millán y a don Valeriano sentados en lugares de honor, no sabían qué pensar. Además de los asesinatos, lo único que aquellos hombres habían hecho en el pueblo era devolver los montes al duque.

Dos días después don Valeriano estaba en la abadía frente al cura. Con los dedos pulgares en las sisas del chaleco —lo que hacía más ostensibles los dijes— miraba al sacerdote a los ojos.

—Yo no quiero el mal de nadie, como quien dice, pero, ¿no es Paco uno de los que más se han señalado? Es lo que yo digo, señor cura: por menos han caído otros.

Mosén Millán decía:

—Déjelo en paz. ¿Para qué derramar más sangre?

Y le gustaba, sin embargo, dar a entender que sabía dónde estaba escondido. De ese modo mostraba al alcalde que era capaz de nobleza y lealtad. La verdad era que buscaban a Paco frenéticamente. Habían llevado a su casa perros de caza que *tomaron el viento* con sus ropas y zapatos viejos.

El centurión de la cara bondadosa y las gafas oscuras llegó en aquel momento con dos más, y habiendo oído las palabras del cura, dijo:

—No queremos reblandecidos mentales. Estamos limpiando el pueblo, y el que no está con nosotros está en contra.

—¿Ustedes creen —dijo Mosén Millán— que soy un reblandecido mental?

Entonces todos se pusieron razonables.

—Las últimas ejecuciones —decía el centurión— se han hecho sin privar a los reos de nada. Han tenido hasta la extremaunción. ¿De qué se queja usted?

Mosén Millán hablaba de algunos hombres honrados que habían caído, y de que era necesario acabar con aquella locura.

—Diga usted la verdad —dijo el centurión sacando la pistola y poniéndola sobre la mesa—. Usted sabe dónde se esconde Paco el del Molino.

Mosén Millán pensaba si el centurión habría sacado la pistola para amenazarle o sólo para aliviar su cinto de aquel peso. Era un movimiento que le había visto hacer otras veces. Y pensaba en

Paco, a quien bautizó, a quien casó. Recordaba en aquel momento detalles nimios, como los búhos nocturnos y el olor de las perdices en adobo. Quizá de aquella respuesta dependiera la vida de Paco. Lo quería mucho, pero sus afectos no eran por el hombre en sí mismo, sino *por Dios*. Era el suyo un cariño por encima de la muerte y la vida. Y no podía mentir.

—¿Sabe usted dónde se esconde? —le preguntaban a un tiempo los cuatro.

Mosén Millán contestó bajando la cabeza. Era una afirmación. Podía ser una afirmación. Cuando se dio cuenta era tarde. Entonces pidió que le prometieran que no lo matarían. Podrían juzgarlo, y si era culpable de algo, encarcelarlo, pero no cometer un crimen más. El centurión de la expresión bondadosa prometió. Entonces Mosén Millán reveló el escondite de Paco. Quiso hacer después otras salvedades en su favor, pero no le escuchaban. Salieron en tropel, y el cura se quedó solo. Espantado de sí mismo, y al mismo tiempo con un sentimiento de liberación, se puso a rezar.

Media hora después llegaba el señor Cástulo diciendo que el carasol se había acabado porque los señoritos de la ciudad habían echado dos rociadas de ametralladora, y algunas mujeres cayeron, y las otras salieron chillando y dejando rastro de sangre, como una bandada de pájaros después de una perdigonada. Entre las que se salvaron estaba la Jerónima, y al decirlo, Cástulo añadió:

—Ya se sabe. Mala hierba…[70]

El cura, viendo reír a Cástulo, se llevó las manos a la cabeza, pálido. Y, sin embargo, aquel hombre no había denunciado, tal vez, el escondite de nadie. ¿De qué se escandalizaba? —se preguntaba el cura con horror—. Volvió a rezar. Cástulo seguía hablando y decía que había once o doce mujeres heridas, además de las que habían muerto en el mismo carasol. Como el médico estaba encarcelado, no era fácil que se curaran todas.

Al día siguiente el centurión volvió sin Paco. Estaba indignado. Dijo que al ir a entrar en las Pardinas el fugitivo los había recibido a tiros. Tenía una carabina de las de los guardas de montes, y acercarse a las Pardinas era arriesgar la vida.

[70]*Weeds (never die)*. Cástulo sees Jerónima as an evil influence, whereas she is *trigo limpio (nunca muere)*.

Pedía al cura que fuera a parlamentar con Paco. Había dos hombres de la centuria heridos, y no quería que se arriesgara ninguno más. Un año después Mosén Millán recordaba aquellos episodios como si los hubiera vivido el día anterior. Viendo entrar en la sacristía al señor Cástulo —el que un año antes se reía de los crímenes del carasol— volvió a entornar los ojos y a decirse a sí mismo: «Yo denuncié el lugar donde Paco se escondía. Yo fui a parlamentar con él. Y ahora...» Abrió los ojos, y vio a los tres hombres sentados enfrente. El del centro, don Gumersindo, era un poco más alto que los otros. Las tres caras miraban impasibles a Mosén Millán. Las campanas de la torre dejaron de tocar con tres golpes finales graves y espaciados, cuya vibración quedó en el aire un rato. El señor Cástulo dijo:

—Con los respetos debidos. Yo querría pagar la misa, Mosén Millán.

Lo decía echando mano al bolsillo. El cura negó, y volvió a pedir al monaguillo que saliera a ver si había gente. El chico salió, como siempre, con el romance en su recuerdo:

> En las zarzas del camino
> el pañuelo se ha dejado,
> las aves pasan de prisa,
> las nubes pasan despacio...

Cerró una vez más Mosén Millán los ojos, con el codo derecho en el brazo del sillón y la cabeza en la mano. Aunque había terminado sus rezos, simulaba seguir con ellos para que lo dejaran en paz. Don Valeriano y don Gumersindo explicaban a Cástulo al mismo tiempo y tratando cada uno de cubrir la voz del otro que también ellos habían querido pagar la misa.

El monaguillo volvía muy excitado, y sin poder decir a un tiempo todas las noticias que traía:

—Hay una mula en la iglesia —dijo, por fin.

—¿Cómo?

—Ninguna persona, pero una mula ha entrado por alguna parte, y anda entre los bancos.

Salieron los tres, y volvieron para decir que no era una mula, sino el

91

potro de Paco el del Molino, que solía andar suelto por el pueblo. Todo el mundo sabía que el padre de Paco estaba enfermo, y las mujeres de la casa, medio locas. Los animales y la poca hacienda que les quedaba, abandonados.

—¿Dejaste abierta la puerta del atrio cuando saliste? —preguntaba el cura al monaguillo.

Los tres hombres aseguraban que las puertas estaban cerradas. Sonriendo agriamente añadió don Valeriano:

—Esto es una maula. Y una malquerencia.

Se pusieron a calcular quién podía haber metido el potro en la iglesia. Cástulo hablaba de la Jerónima. Mosén Millán hizo un gesto de fatiga, y les pidió que sacaran el animal del templo. Salieron los tres con el monaguillo. Formaron una ancha fila, y fueron acosando al potro con los brazos extendidos. Don Valeriano decía que aquello era un sacrilegio, y que tal vez habría que consagrar el templo de nuevo. Los otros creían que no.

Seguían acosando al animal. En una verja —la de la capilla del Cristo— un diablo de forja parecía hacer guiños. San Juan en su hornacina alzaba el dedo y mostraba la rodilla desnuda y femenina. Don Valeriano y Cástulo, en su excitación, alzaban la voz como si estuvieran en un establo:

-¡Riiia! ¡Riiia!

El potro corría por el templo a su gusto. Las mujeres del carasol, si el carasol existiera, tendrían un buen tema de conversación. Cuando el alcalde y don Gumersindo acorralaban al potro, éste brincaba entre ellos y se pasaba al otro lado con un alegre relincho. El señor Cástulo tuvo una idea feliz:

—Abran las hojas de la puerta como se hace para las procesiones. Así verá el animal que tiene la salida franca.

El sacristán corría a hacerlo contra el parecer de don Valeriano que no podía tolerar que donde estaba él tuviera iniciativa alguna el señor Cástulo. Cuando las grandes hojas estuvieron abiertas el potro miró extrañado aquel torrente de luz. Al fondo del atrio se veía la plaza de la aldea, desierta, con una casa pintada de amarillo, otra encalada, con cenefas azules. El sacristán llamaba al potro en la dirección de la salida. Por fin convencido el animal de que aquel no era su sitio, se marchó. El monaguillo recitaba todavía entre dientes:

...las cotovías se paran
en la cruz del camposanto.

Cerraron las puertas, y el templo volvió a quedar en sombras. San Miguel con su brazo desnudo alzaba la espada sobre el dragón. En un rincón chisporroteaba una lámpara sobre el baptisterio.

Don Valeriano, don Gumersindo y el señor Cástulo fueron a sentarse en el primer banco.

El monaguillo fue al presbiterio, hizo la genuflexión al pasar frente al sagrario y se perdió en la sacristía:

—Ya se ha marchado, Mosén Millán.

El cura seguía con sus recuerdos de un año antes. Los forasteros de las pistolas obligaron a Mosén Millán a ir con ellos a las Pardinas. Una vez allí dejaron que el cura se acercara solo.

—Paco —gritó con cierto temor—. Soy yo. ¿No ves que soy yo?

Nadie contestaba. En una ventana se veía la boca de una carabina. Mosén Millán volvió a gritar:

—Paco, no seas loco. Es mejor que te entregues.

De las sombras de la ventana salió una voz:

—Muerto, me entregaré. Apártese y que vengan los otros si se atreven.

Mosén Millán daba a su voz una gran sinceridad:

—Paco, en el nombre de lo que más quieras, de tu mujer, de tu madre. Entrégate.

No contestaba nadie. Por fin se oyó otra vez la voz de Paco:

—¿Dónde están mis padres? ¿Y mi mujer?

—¿Dónde quieres que estén? En casa.

—¿No les ha pasado nada?

—No, pero, si tú sigues así, ¿quién sabe lo que puede pasar?

A estas palabras del cura volvió a suceder un largo silencio. Mosén Millán llamaba a Paco por su nombre, pero nadie respondía. Por fin, Paco se asomó. Llevaba la carabina en las manos. Se le veía fatigado y pálido.

—Contésteme a lo que le pregunte, Mosén Millán.

—Sí, hijo.

—¿Maté ayer a alguno de los que venían a buscarme?

—No.

93

—¿A ninguno? ¿Está seguro?

—Que Dios me castigue si miento. A nadie.

Esto parecía mejorar las condiciones. El cura, dándose cuenta, añadió:

—Yo he venido aquí con la condición de que no te harán nada. Es decir, te juzgarán delante de un tribunal, y si tienes culpa, irás a la carcel. Pero nada más.

—¿Está seguro?

El cura tardaba en contestar. Por fin dijo:

—Eso he pedido yo. En todo caso, hijo, piensa en tu familia y en que no merecen pagar por ti.

Paco miraba alrededor, en silencio. Por fin dijo:

—Bien, me quedan cincuenta tiros, y podría vender la vida cara. Dígales a los otros que se acerquen sin miedo, que me entregaré.

De detrás de una cerca se oyó la voz del centurion:

—Que tire la carabina por la ventana, y que salga.

Obedeció Paco.

Momentos después lo habían sacado de las Pardinas, y lo llevaban a empujones y culatazos al pueblo. Le habían atado las manos a la espalda. Andaba Paco cojeando mucho, y aquella cojera y la barba de quince días que le ensombrecía el rostro le daban una apariencia diferente. Viéndolo Mosén Millán le encontraba un aire culpable. Lo encerraron en la cárcel del municipio.

Aquella misma tarde los señoritos forasteros obligaron a la gente a acudir a la plaza e hicieron discursos que nadie entendió, hablando del imperio y del destino inmortal y del orden y de la santa fe. Luego cantaron un himno con el brazo levantado y la mano extendida, y mandaron a todos retirarse a sus casas y no volver a salir hasta el día siguiente bajo amenazas graves.

Cuando no quedaba nadie en la plaza, sacaron a Paco y a otros dos campesinos de la cárcel, y los llevaron al cementerio, a pie. Al llegar era casi de noche. Quedaba detrás, en la aldea, un silencio temeroso.

El centurión, al ponerlos contra el muro, recordó que no se habían confesado, y envió a buscar a Mosén Millán. Éste se extrañó de ver que lo llevaban en el coche del señor Cástulo. (El lo había ofrecido a las nuevas autoridades.) El coche pudo avanzar hasta el lugar de la ejecución. No se había atrevido Mosén Millán a preguntar nada. Cuando vio a Paco, no sintió sorpresa alguna, sino un gran desaliento. Se confesaron los tres. Uno de ellos era un hombre que había trabajado en casa de Paco. El pobre, sin saber lo que hacía, repetía fuera de sí una vez y otra entre dientes: «Yo me acuso, padre..., yo me acuso, padre...» El mismo coche del señor Cástulo servía de confesionario, con la puerta abierta y el sacerdote sentado dentro. El reo se arrodillaba en el estribo. Cuando Mosén Millán decía *ego te absolvo*,[71] dos hombres arrancaban al penitente y volvían a llevarlo al muro.

El último en confesarse fue Paco.

—En mala hora lo veo a usted —dijo al cura con una voz que Mosén Millán no le había oído nunca. Pero usted me conoce, Mosén Millán. Usted sabe quién soy.

—Sí, hijo.

—Usted me prometió que me llevarían a un tribunal y me juzgarían.

—Me han engañado a mí también. ¿Qué puedo hacer? Piensa, hijo, en tu alma, y olvida, si puedes, todo lo demás.

—¿Por qué me matan? ¿Qué he hecho yo? Nosotros no hemos matado a nadie. Diga usted que yo no he hecho nada. Usted sabe que soy inocente, que somos inocentes los tres.

—Sí, hijo. Todos sois inocentes; pero, ¿qué puedo hacer yo?

—Si me matan por haberme defendido en las Pardinas, bien. Pero los otros dos no han hecho nada.

Paco se agarraba a la sotana de Mosén Millán, y repetía: «No han hecho nada, y van a matarlos. No han hecho nada». Mosén Millán, conmovido hasta las lágrimas, decía:

—A veces, hijo mío, Dios permite que muera un inocente. Lo permitió de su propio Hijo, que era más inocente que vosotros tres. Paco, al oír estas palabras, se quedó paralizado y mudo. El cura tampoco hablaba. Lejos, en el pueblo, se oían ladrar perros y sonaba una campana. Desde hacía dos semanas no se oía sino aquella campana día y noche. Paco dijo con una firmeza desesperada:

—Entonces, si es verdad que no tenemos salvación, Mosén Millán,

[71] *I absolve you,* i. e. from your sins.

tengo mujer. Está esperando un hijo. ¿Qué será de ella? ¿Y de mis padres?

Hablaba como si fuera a faltarle el aliento, y le contestaba Mosén Millán con la misma prisa enloquecida, entre dientes. A veces pronunciaban las palabras de tal manera, que no se entendían, pero había entre ellos una relación de sobrentendidos.[72] Mosén Millán hablaba atropelladamente de los designios de Dios, y al final de una larga lamentación preguntó:

—¿Te arrepientes de tus pecados?

Paco no lo entendía. Era la primera expresión del cura que no entendía. Cuando el sacerdote repitió por cuarta vez, mecánicamente, la pregunta, Paco respondió que sí con la cabeza. En aquel momento Mosén Millán alzó la mano, y dijo: *Ego te absolvo in...*[73]

Al oír estas palabras dos hombres tomaron a Paco por los brazos y lo llevaron al muro donde estaban ya los otros. Paco gritó:

—¿Por qué matan a estos otros? Ellos no han hecho nada.

Uno de ellos vivía en una cueva, como aquel a quien un día llevaron la unción. Los faros del coche —del mismo coche donde estaba Mosén Millán— se encendieron, y la descarga sonó casi al mismo tiempo sin que nadie diera órdenes ni se escuchara voz alguna. Los otros dos campesinos cayeron, pero Paco, cubierto de sangre, corrió hacia el coche.

—Mosén Millán, usted me conoce —gritaba enloquecido.

Quiso entrar, no podía. Todo lo manchaba de sangre. Mosén Millán callaba, con los ojos cerrados y rezando. El centurión puso su revólver detrás de la oreja de Paco, y alguien dijo alarmado:

—No. ¡Ahí no!

Se llevaron a Paco arrastrando. Iba repitiendo en voz ronca:

—Pregunten a Mosén Millán; él me conoce.

Se oyeron dos o tres tiros más. Luego siguió un silencio en el cual todavía susurraba Paco: «Él me denunció..., Mosén Millán, Mosén Millán...».

El sacerdote seguía en el coche, con los ojos muy abiertos, oyendo

---

[72]*At times they pronounced the words in such a way that they could not be heard, but they understood each other.*

[73]*I absolve you in (the name of the Father).* There is no time to pronounce the word 'Father'.

su nombre sin poder rezar. Alguien había vuelto a apagar las luces del coche.

—¿Ya? —preguntó el centurión.

Mosén Millán bajó y, auxiliado por el monaguillo, dio la extremaunción a los tres. Después un hombre le dio el reloj de Paco —regalo de boda de su mujer— y un pañuelo de bolsillo.

Regresaron al pueblo. A través de la ventanilla, Mosén Millán miraba al cielo y, recordando la noche en que con el mismo Paco fue a dar la unción a las cuevas, envolvía el reloj en el pañuelo, y lo conservaba cuidadosamente con las dos manos juntas. Seguía sin poder rezar. Pasaron junto al carasol desierto. Las grandes rocas desnudas parecían juntar las cabezas y hablar. Pensando Mosén Millán en los campesinos muertos, en las pobres mujeres del carasol, sentía una especie de desdén involuntario, que al mismo tiempo le hacía avergonzarse y sentirse culpable.

Cuando llegó a la abadía, Mosén Millán estuvo dos semanas sin salir sino para la misa. El pueblo entero estaba callado y sombrío, como una inmensa tumba. La Jerónima había vuelto a salir, e iba al carasol, ella sola, hablando para sí. En el carasol daba voces cuando creía que no podían oírla, y otras veces callaba y se ponía a contar en las rocas las huellas de las balas.

Un año había pasado desde todo aquello, y parecía un siglo. La muerte de Paco estaba tan fresca, que Mosén Millán creía tener todavía manchas de sangre en sus vestidos. Abrió los ojos y preguntó al monaguillo:

—¿Dices que ya se ha marchado el potro?

—Sí, señor.

Y recitaba en su memoria, apoyándose en un pie y luego en el otro:

> *...y rindió el postrer suspiro*
> *al Señor de lo creado.—Amén.*

En un cajón del armario de la sacristía estaba el reloj y el pañuelo de Paco. No se había atrevido Mosén Millán todavía a llevarlo a los padres y a la viuda del muerto.

Salió al presbiterio y comenzó la misa. En la iglesia no había nadie, con la excepción de don Valeriano, don Gumersindo y el señor

Cástulo. Mientras recitaba Mosén Millán, *introibo ad altare Dei*,[74] pensaba en Paco, y se decía: es verdad. Yo lo bauticé, yo le di la unción. Al menos —Dios lo perdone— nació, vivió y murió dentro de los ámbitos de la Santa Madre Iglesia. Creía oír su nombre en los labios del agonizante caído en tierra: «...Mosén Millán». Y pensaba aterrado y enternecido al mismo tiempo: Ahora yo digo en sufragio de su alma esta misa de *réquiem,* que sus enemigos quieren pagar.

[74]*I will go in unto the altar of God.* (The following response from the altar-boy would be: *Unto God, who giveth joy to my youth.*)

Endnotes

A. El centurión echa el alto. The centurion is the commanding officer of a *centuria* (100 men) in the Spanish Fascist Falange, whose organisation was modelled on the Roman legions. This establishes the parallel Falange/Roman army, Paco/Christ. Only John's Gospel has soldiers accompanying the emissaries of the priests and the elders in the arrest of Christ in the garden; the Synoptic Gospels record the centurion recognising His divinity after the crucifixion at Golgotha, the place named after a skull. The Falangist commander does not recognise the Son of Man in Paco and his companions. The use of Christ to mean Everyman in popular proverbial expressions is recorded in the dialogue of *La onza de oro*, *Crónica del alba*, II, p. 198: '... todo Cristo conoce a todo Cristo en el pueblo ... '.

B. A los seis años hacía fuineta. *He played truant* (from the Aragonese verb *fuir*, to escape or flee). The Aragonese noun *fuína* refers to a marten, and Paco as escaped animal meets a very different fate in the community of neighbours who take him in to that of the escaped cat killed by the night owl in a following anecdote. Sender identifies the owl as a bird of death (*Monte Odina*, p. 246) and the fable of the dog, the cat and the owl is a natural symbolic foreshadowing of his end when he will be hunted by dogs and killed by the centurion, an owl figure in dark glasses. The cobbler calls Jerónima *fuína*, another link between herself and Paco.

C. Mosén Millán le enseñaba a hacer examen de conciencia. The priest teaches the boy to make an examination of conscience in preparation for his first confession. It consists of a survey of commissions of sin in relation to the Ten Commandments, of which the priest is subsequently most concerned with those sins of the flesh which are covered by the Sixth Commandment (in the Catholic numbering): 'Thou shalt not commit adultery.' It is a negative morality which is not understood by the boy/man Paco, who is concerned with positive action and omissions to do good. This episode is full of dramatic irony in relation to Paco's last confession and to the priest's examination of conscience as he waits to say Mass.

D. Era el monumento. An Altar of Repose constructed during Holy Week to commemorate the tomb of Christ (translated as *monumento* in some Spanish versions of the Gospel), in which the consecrated Host is kept during Maundy Thursday and Good Friday (the commemoration of the Crucifixion). Black and violet are the liturgical colours of mourning and the images in church are covered in violet cloths during the penitential season of Lent, to be uncovered at Easter. In an essay on 'Valle Inclán y la dificultad de la tragedia', *Unamuno, V. I. , Baroja y Santayana, ensayos críticos*, Mexico, 1955, in which he speaks of the musical nature of tragedy, Sender considers psychological and moral states in relation to colour and vowel sounds. He finds white/black (light/dark, life/death) a dynamic combination and regards *a* as the vowel of whiteness and light, citing as examples the words *camisa, sábana, almohada, nevada, helada, escarcha* and *rosada* (p. 56), most of which are worked into the text here with reference to Paco.

E. Cabezas de ecce homos lacrimosos, paños de verónicas ... Nuestra Señora de los Desamparados ... San Sebastián ... una calavera y dos tibias cruzadas. The church-loft appears as a landscape after a battle. An *ecce homo* is an image of Christ as Man of Sorrows, presented to the people for judgement after his scourging and crowning with thorns. Paco appears as such a figure after his arrest. A towel of Veronica bears the image of the face of Christ after it was wiped by her on the way to Calvary and finds an equivalent in Paco's handkerchief, a relic the priest is afraid to return to the family. Our Lady of the Forsaken is here a wooden image, a doll's face above a conical frame, which will be dressed up for ceremonial occasions, while suffering womankind, the skull showing beneath the skin, is abandoned in the caves. Sender's assassinated wife was called Amparo. San Sebastián is depicted shot through with the arrows of his martyrdom. The skull and crossbones are emblems of the death of Adam and Everyman, often placed at the foot of the crucifix to symbolise Christ's triumph over death in the Resurrection. Here they are found on the wax-spattered black cloths used to cover funeral biers in the church.

F. El Sábado de Gloria ... matar judíos ... las tinieblas, el sermón de las siete palabras, y del beso de Judás, el de los velos rasgados. Until the reform of the rite in 1955, the period of mourning for Christ ended on the morning of Holy Saturday and the bells then pealed to celebrate the Resurrection; the mourning period now extends to the midnight Easter vigil. The anti-Semitic ritual (not universal) was an exemplary punishment for the crime of deicide and a reminder here of Spain's history of turning against part of herself. The universal Catholic Church officially exonerated the Jews from collective guilt in Christ's death in the mid-1960s in the course of the Second Vatican Council. Tenebrae ('Shadows'/'Darkness') is an office sung in the afternoon/evening of the Wednesday, Thursday and Friday of Holy Week to symbolise the darkness that fell on earth while the Sun of justice was hung on the Cross and laid in the tomb. In the darkness of the church thirteen lit candles are extinguished one by one, to the singing of penitential psalms; when only one central one is left, it is taken down and carried behind the altar to symbolise the betrayal, death and burial of Christ. Sender works a similar effect into the narrative of Paco's story, culminating in the darkness of the cemetery and the extinguishing of the car lights. The readings for Holy Week are based on the accounts of the Passion and Death of Christ, including the betraying Judas kiss, the Seven Last Words from the Cross and the rending of the Veil of the Temple (see Introduction for parallels).

G. Hábito de penitente. A long robe girded round the waist with a cord in imitation of Christ's robe. A pointed hood with slits for the eyes is worn over the face to conceal identity, except for those penitents who are made to expose their identity in their repentance for sin as part of the penance ordained by the priest in confession. Here the robe is black, the public persona of clerical Black Spain; the image is one of people voluntarily putting on the chains of oppression and the simile used is a comparison with tired beasts of burden.

H. Una noche el alcalde prohibió rondar. The custom of making the rounds of the town at night to serenade girlfriends with *jotas* is part of the initiation into manhood and the communal solidarity of the age group. As the bands of young men (*rondas/rondallas*) disturb the public peace, it is an ancient requirement to seek the permission

100

of the authorities and they are frequently subjected to bans. It is considered a sign of manliness to disobey and this disobedience is tolerated by the old and admired by the young. Paco's disobedience is another sign of his vitality, and his disarming the Civil Guards a sign of the essentially pacific nature of his *hombría*. The Civil Guard is a paramilitary rural police force founded to keep order in the towns and on the highways. They always patrol in pairs for safety.

I. – Lo importante no es si ponen o quitan rey. The time-serving Cástulo echoes here the words of the French squire who treacherously helped his master, the bastard Enrique de Trastamara, kill his half-brother Pedro I to win the throne of Castile in the fourteenth century. Enrique paid off and bought off nobles with extensive land grants. The words come down to the twentieth century recorded in the *Romance de la muerte de Don Pedro*: 'No quito rey ni pongo rey de mi mano, / pero hago lo que debo al oficio de criado', and their echo here bears witness to the survival of historical memory through the ballad. It is an ironic echo, however, for it both illustrates the manipulation of historical memory by the victor – the legitimate Pedro ceases to be El Justiciero to become El Cruel – and recalls that the Royal House of Isabel la Católica, one of the historical myths manipulated by the Franco Regime in its attempt to legitimise itself, was the illegitimate fruit of usurpation.

J. Otro, una reliquia del santo P. Claret heredado de su bisabuelo. Padre Claret, canonised in 1934, was the spiritual director of Isabel II and the relationship between the two in her 'Court of Miracles' was the butt of anticlerical satire. This reference indirectly recalls the grandmother of the ousted King Alfonso XIII, who was herself driven into exile in 1868, followed by the short-lived First Republic. Like her namesake the first Isabel La Católica, the figurehead of the claims of Castile to dominate the Peninsula, she came to the throne through dispute and civil war. The names in the text set Sender's story in the context of Spanish Imperial history going back to the Punic Wars, a history of endemic civil war. Through such elliptical references Sender indicates the repetition with variations in what he saw as the ongoing spiral of human history in *El futuro comenzó ayer*, Madrid, 1975, p. 26. Like Lukács, he saw history as 'the pre-history of the present'. (Quoted by T. Eagleton, *Marxism and Literary Criticism*, London, 1976, p. 29, in which he considers dialectical realism as a form which 'mediates between concrete and general, essence and existence, type and individual'.)

Selected vocabulary

The following in general have been omitted from the vocabulary:

1. words that a sixth-former can reasonably be expected to know with all meanings relevant to the text (e.g. **recordar,** *to remember, remind*; **entender,** *to hear, understand*; but *not* **alba,** *dawn, alb*, **reconocer,** *to recognise, examine*);

2. words that are similar in form and relevant meaning to the English (e.g. **cilindro,** *cylinder*; **preámbulo,** *preamble*; but not **acusarse,** *to confess*; **registrar,** *to search*; etc.);

3. words whose meaning can be inferred from the context or from a mixture of form and content (e.g. **cortar el diálogo,** *to cut short the conversation*; **puerta cochera,** *carriage entrance*; etc.);

4. words that are dealt with in footnotes or endnotes.

Asterisked words are not in the text of *Réquiem por un campesino español* but appear in the Introduction or notes.

abadía, abbey; priest's house
abalanzarse, to pounce on
abanico, fan
abogado, lawyer
aceite, oil
acequia, irrigation ditch
aclarar, to clarify, explain
acoger, to receive, take in
acomodado, well-to-do
acorralar, to round up; corner
acosar, to pursue; urge on
acudir, to come, gather round
acusar, to accuse; show; **-se**, confess
adicto, devoted, loyal
administrador, (land) agent
adobo, dressing, pickling mixture
advertir, to notice; point out; notify; advise
afilador, grindstone; knife-grinder
afueras, outskirts
agarrar, to clutch; **-se a**, hold on to

agonizante, dying person
agriar, to turn sour
agujero, hole
aguzar, to sharpen; **- el oído,** prick up one's ears
***ahondar**, to dig deep
ahumado, smoked, smoky
ahuyentar, to scare/drive away; keep off
ajo, garlic
alba, dawn; alb (white robe worn by priest)
albarda, packsaddle
alborotar, to stir up; incite to rebel
alcalde, mayor
alcanfor, camphor
alcoba, bedroom
aleccionado, drilled, coached
alejar, to keep/drive away; **-se,** move away, grow apart
alfombra, carpet; mat
algarero, noisy, rowdy

aliaga, furze, gorse
aliento, breath; courage
alimaña, wild animal (predator)
alinearse, to line up
almacén, warehouse, store
almidonado, starched
almohada, pillow
alquiler, de -, for hire
ama, housekeeper
amanerado, affected
ámbito, ambit; confines
amenaza, threat
ametralladora, machine gun
amo, master
amontonar, to store; pile up
anca, haunch; hip
anterior, former, previous; earlier; front
antojarse, to want, fancy
añoranza, longing, nostalgia
apagar, to extinguish, turn off
apalabrar, to agree to; promise; engage
apelmazado, compressed, solid
apoyado, leaning
*apretar, to clasp, grip
apuesta, bet, wager
apuntar, to come up (of planted seeds),
    sprout
*arañar, to scratch
arbusto, shrub, bush
arrancar, to pull out
arranque, impulse
arrastrar, to drag (along)
arrendamiento, leasing; rent, rental
arriendo = arrendamiento
arriesgar, to risk; -se, take a risk
arrimo, support; attachment
arrodillarse, to kneel
arrollar, to roll up
arruguita, wrinkle; crease, fold
*asechanza, trap, snare
*asco, loathing, disgust, revulsion
así, thus, so, like that; - como -, just like
    that; anyway
asomarse, to show, appear; look out
asombrar, to astonish, amaze
ásperamente, harshly, gruffly
asunto, matter; business; ir al -, to get
    down to business
asustado, frightened

atareado, busy
atenerse, -a, to abide/stand by; hold to
aterrado, terrified
atreverse, to dare
atribulado, troubled, distressed
atrio, porch
atropelladamente, incoherently, in a
    rushed way
atusar, - los bigotes, to smooth, twirl
    moustache
averiguar, to discover, find out
ayunas, en -, fasting (without breakfast)
ayuntamiento, town council

báculo, crozier, bishop's staff
badajo, clapper (of bell)
badulaque, blockhead, idiot
bala, bullet
bandada, flock, flight
bandeja, tray, salver
bandeo, swinging, moving to and fro;
    beating
bandera, flag
bandurria, bandore (guitar/lute-like in-
    strument)
barraja, pack (of cards); jugar con dos
    -s, to play a double game
barrer, to sweep
barrunto, presentiment, foreboding
beata, devout/excessively pious woman
bendecir, to bless
*bienio, two years
birlas, ninepins, skittles
bisabuelo, great-grandfather
bolsa, bag, pouch
bordado, embroidered
bota, boot; leather wine bottle
bóveda, vault
bravamente, spiritedly, with spirit
breviario, breviary (priest's prayerbook
    for daily office)
brincar, jump around
broma, jest, joke; *gastar -s, to play
    jokes (on)
bronco, rough, harsh
bruja, witch
bufonada, clowning; joke
búho, owl
burlarse, to mock, make fun (of)

cabal, right, proper
cabecera, head (of bed, table); seat of honour
cabestro, leading/bell ox (castrated bull)
cabo, end; – de vela, candle-stump
cabritillo, kid (goat)
cadena, chain
cadera, hip
caer, to fall (in battle); - de bruces, to fall flat
cajón, drawer
*cal, lime
calavera, skull
caldo, broth; clear soup
camastro, rickety/wretched bed
cambalache, swap, exchange
campanario, belfry, bell/church tower
camposanto, graveyard, cemetery
cansino, tired (animals)
caña, cane, reed
capa, cape, cloak; - pluvial, cope (ceremonial vestment)
capítulo, chapter; reprimand; llamar a -, to take to task
capucha, hood, cowl
carcajada, guffaw/peal of laughter; soltar la -, burst out laughing
cárcel, jail, prison
*casticismo, traditionalism
castigo, punishment
casulla, chasuble (outer Mass vestment)
*caudillo, leader, chief; head of state
*cavar, to dig
cavilar, to consider carefully; be obsessed with
caza, hunt
celos, jealousy
cenefa, border
ceniza, ash, ashes, cinder
ceñir, to gird/put on; fasten round waist
cera, wax
cerca, fence
cereza, cherry
*cierzo, north wind
cigüeña, stork
cimbal, cymbal; small bell
cinta, ribbon
cinto, belt
cintura, waist; girdle

cirio, candle (church)
clavo, nail
cobrar, to charge; collect
cojear, to limp
cojones, balls (taboo)
colchón, mattress
colgado, hanging
comisura, corner (of mouth)
comitiva, retinue; procession
compás, time, beat, rhythm (music)
competencia, competition
comulgar, to receive communion
concretar, to make specific; put one's finger on
concurrido, crowded; well-attended
conferencia, meeting; talk
consagrar, to consecrate
consistorial, casa -, town hall
consuegras, mothers-in-law (of same couple)
*contrapelo, a -, against the grain
*convivencia, living together; coexistence
cosecha, harvest, vintage
cotovía, species of lark
creado, created, made; lo -, all creation
crecer, to grow (up)
crío, baby, child
crisma, chrism, holy oil
*crispado, contracted
crotorar, castanet sound made by stork with beak
crujir, to crunch
cubrecorsé, camisole
cuero, skin, hide; leather; en cueros, naked
cuesta, slope; hill (road); - arriba, uphill
culatazo, blow with rifle butt
culebra, snake
culo, bum, arse (taboo)
cuna, cradle
cuneta, ditch; verge
*curandera, quack
curar, to cure; treat (wound); -se, recover, get better

chaleco, waistcoat
chamusca, singeing, scorching (often

indicative of trouble brewing, particularly for heretics)

chascar, to click

*chato, snub-nosed (Republican biplane)

chillar, to shriek, scream

chirigaita, (fibrous) gourd

chisporrotear, to throw out sparks; sputter

choza, hut, shack

dañar, to harm

dejar, to leave; allow; put down; - **de,** leave off, stop; **no - de,** not fail to; - **entender,** let it be understood, imply

denunciar, to denounce, inform against; (*pej.*) betray, give away

derecho, straight; right

derramar, to spill, shed

derribado, knocked down; laid out (on floor)

*desafiar, to challenge; defy; face

desagradecido, ungrateful

desahogarse, to relieve one's feelings; speak one's mind

desairado, disregarded; disrespectful

desaliento, dejection; dismay

*desarrollarse, to develop; evolve

desbordar, to exceed; overflow

descalzo, barefoot, unshod

desdicha, unhappiness; misfortune

desembolso, disbursement; expenditure

desentenderse, to have nothing to do with; pretend not to know

desgana, unwillingness, reluctance

desgracia, misfortune; bad luck

deshilarse, to fray, get worn, come apart

designio, design, plan, purpose

desigual, uneven

desnarigado, without a nose; **la desnarigada,** the skull (*hum*)

desnivelado, rickety; uneven

desplante, outspoken statement; impudent remark

desposado, newly-wed

desprenderse, become detached, work loose, fall off

destituido, dismissed; removed from office

desván, loft, attic

desvelar, to keep awake

desvergüenza, shamelessness; impudence

detener, to stop; detain, arrest

devolver, to return

diabluras, mischief, monkey tricks

dicharacho, coarse/rude remark

diente, tooth; **de -s afuera,** lip service, without meaning it; **en los - ,** on the lips; **entre - ,** mumbling, under the breath

difunto, deceased

dije, seal, medallion, locket; charm

dijenda, witty remark, colourful saying (*Arag*)

disculparse, to apologise

discurso, speech

disparar, to fire, shoot

*disgregarse, to disintegrate

don, gift, favour

dorado, golden, gilded

dueña, mistress (the 'missus'/lady of the house)

dueño, master; owner; landlord; employer

echar, throw (out); put in; pour; give; emit; - **a broma,** to take/treat as a joke; - **el alto,** call a halt; - **mano a,** catch; - **roncas,** threaten; - **un parte,** send notice

educado, well-mannered, polite; cultured

eje, axle; axis; crux

elogio, praise, tribute

emborrachar, to make/get drunk

empañado, misted over; blurred

*empeñar, to pawn

emplumar, to tar and feather

empotrado, set, embedded

empujar, to push; urge; work behind the scenes, intrigue

enaguas, petticoat, underskirt

encalado, whitewashed

encarcelar, to imprison, jail

encerrar, to lock/close/shut up

encubrimiento, concealment; complicity

engrasado, lubricated, oiled

enloquecido, maddened, driven crazy

enlutado, in/wearing mourning

ensalmadora, medicine woman (quack doctor/bone-setter)

ensombrecer, to darken, cast a shadow

entereza, integrity; decency; strength of mind; fortitude

enternecido, touched, moved (to pity)

entornar, to half-close (eyes)

*entraña, core, essence

entreabierto, half-open

entregar, to deliver, hand over; - se, surrender, give in

entretenerse, to distract oneself; while away time

enviudar, to become a widow(er), be widowed

*epopeya, epic

*erguido, erect, straight; proud

ermita, hermitage; chapel outside village

escalinata, (flight of) steps

escandaloso, noisy; scandalous

escoba, broom, brush

escondite, hiding place

escorpión cebollera, mole cricket

escrutador, searching, penetrating

esmero, care

espada, sword

espanto, fright, terror; dismay; amazement

estaferma, stuffed dummy

estampa, picture, print

estampido, shot, report (of gun)

estanque, pool; pond

estera, mat(ting)

estertores, death rattle

estola, stole (Mass vestment)

estopa, tow; burlap (coarse linen)

estribo, running board

estropajo, scrubber, scourer

extrañar, to surprise; find strange

extraviado, lost, missing; strayed

faena, task, job

faja, band; sash; bandage

fajo, bundle

faro, headlamp/light

fe, faith

fiarse, to trust

fiel, faithful, loyal

fisgar, to snoop, have a look

flaco, thin

florido, - y rameado, with a pattern of flowers and branches

florero, vase

fogón, kitchen range; hearth

forastero, stranger; outsider; visitor; foreigner

forja, forge; diablo de -, wrought-iron devil

*fosa, grave

fragor, din, clamour, racket

franco, free

frialdad, coldness; indifference

frotar, to rub

fuelle, bellows; folding extension on a camera

fusil, rifle

gala, vestido de - , all dressed up, in one's best clothes

galopín, ragamuffin, urchin; rogue

ganado, livestock; herd, flock

garbo, graceful bearing, fine carriage; attractiveness

garduña, marten

gasto, expense

girar, to revolve; turn round

giro, turn; turn of phrase

glera, gravel bed

golpear, to beat, strike

gozo, pleasure; joy

*granada, grenade

grava, gravel

grimorio, book of magic spells (significant word to use in relation to priest's breviary)

guardapelo, locket

guiño, wink; grimace

habladurías, gossip, scandal

hacienda, estate; - familiar, family finances

halagador, flattering

harapos, rags

helada, frost

hembra, female; woman

heredar, to inherit

herida, wound, injury

herrero, blacksmith

hierro, iron; iron tool/weapon; triangle (*mus.*)
hígado, liver
hilandera, spinner
hilera, row, line
hoja, leaf; one side of double door
hornacina, niche
horno, oven
hortaliza, vegetable
hueco, hollow; empty
huella, trace, mark
huerta, fertile area of irrigated fields
huerto, kitchen garden
hueso, bone
huidizo, shy; shifty; fleeting
hurto, theft

*ilergete, Iberian tribe (Huesca/Lérida region)
iluso, deluded; a dreamer, visionary
*imán, magnet
imberbe, beardless
*impedido, crippled, disabled
índice, index; forefinger

*jactancia, boast(ing)
jaral, scrub; thicket
jerarquía, hierarchy; rank
juez, judge
juicio, judgement, opinion;* **- final**, Last Judgement
juramento, oath; swear-word
juzgar, to judge; try (in court)

labrado, carved
labrador, farmer; ploughman; peasant
labranza, agricultural labour, farming; farm
ladrar, to bark
lágrima, tear
lamer, to lick
lamido, glossy; well-groomed
lana, wool
lástima, pity; compassion; shame
latinajo, dog (bad) Latin
lecho, bed
lechuga, lettuce
*legar, to bequeath
leña, firewood; sticks

ley, law
liendre, nit
lienzo, piece of linen/canvas
limpiar, to clean (up); wipe
listón, strip, lath
locura, madness, lunacy
losa, flagstone, slab
lucero, bright star; morning or evening star
*luchador, fighter
lujo, luxury; lavishness
llanto, weeping; lamentation
lloriquear, to whimper, snivel

madera, wood
madrina, godmother; matron of honour
malcarado, ugly, repulsive; fierce/cross-looking
maldecir, to curse; speak ill of
maledicencia, slander, backbiting
malquistar, to cause a rift, set one against another
malva, mauve
*mancebo, youth, young man
mancha, spot, stain
mantilla, mantilla; baby clothes
mantón, **- de Manila**, embroidered Spanish shawl
más, **de poco - o menos**, of little value; **- bien**, rather; **sin - ni -**, without more ado
matraca, rattle
maula, dirty trick (current wartime term)
mayoral, foreman, overseer; head shepherd
mazo, club
meado, pissed on (*taboo*)
mecedora, rocking chair
mediodía, south (*geog.*)
mejorar, to improve, make better
meneo, swaying
mentira, lie
merendar, to eat a snack between lunch and supper
mezclar, to mix
miramiento, consideration, respect
misal, missal or Mass book
miseria, poverty, destitution; squalid conditions

mitra, mitre (bishop's headdress/symbol of office)

mocarra, dirty face (from game **santo** in which player's face is dirtied)

mochilera, camp follower

mojado, wet

moler, to grind; mill

molestar, to annoy; bother

monaguillo, altar boy

monicaco, dummy, guy (grotesque figure)

*****monje**, monk

mosca, fly

moza, girl

mozalbete, lad

muela, tooth

mujeruca, old woman (usually applied to lower class)

*****muñón**, stump

nácar, mother-of-pearl

nadar, to swim

nave, nave; aisle

nimio, insignificant, trivial, tiny

*****nivel**, level

nube, cloud,

nudillo, knuckle

obedecer, to obey

obispo, bishop

*****obrero**, worker

ocasión, occasion, time; opportunity; cause

ojo, eye; caution; ¡ - !, careful!, look out!

ojisucio, crusty-eyes

óleo, (holy) oil

ombligo, navel

ontina, white artemisia (aromatic plant)

orden, law and order (m.); order, command (f.)

orgullo, pride

padrino, godfather; best man

paliza, beating (up)

pana, corduroy

paño, cloth

parabién, congratulations

pareja, couple; pair (of Civil Guards)

parida, new mother (woman who has recently given birth)

pariente, relative

parlamentar, to parley

parroquia, parish; parish church

partera, midwife

paso, step; processional float/tableau for Holy Week

salir al -, to stop, prevent

pasto, pasture; grazing

pata, leg, foot (*hum.* applied to person)

pecho, breast, chest

pedrada, blow from stone; **matar a - s**, to stone to death

pedrisco, hailstorm

peinar, to comb

peladilla, sugared almond

peludo, hairy

penca, central rib of leaf too tough to eat

pendiente, earring

pendón, slut; whore

percibir, to notice; receive, get

perdigonada, blast of birdshot/pellets

perdiz, partridge

pértiga, pole (candle-lighter)

pesadilla, nightmare

petaca, cigarette/cigar case; tobacco pouch

pez, axle grease

picardía, mischievous act; rude word

piedad, pity; mercy; piety

piel, skin

pila, font

pinchatripas, gut-piercer, belly-puncturer

pisar, to walk, tread, step (on)

plantero, seedbed

plata, silver

plática, talk, chat; sermon

plomo, lead; **andar con pies de -**, to proceed with caution

*****poder**, power

polvo, dust; powder

porrón, glass wine jar with long spout

postizo, false, artificial

postrero, last, final

potro, colt

pregonar, to announce publicly

presbiterio, chancel, sanctuary (reserved for officiating)

presidencia, head of the table
presidiario, convict
***prestamista,** moneylender; pawnbroker
privar, to deprive
procacidad, insolence; brazenness
puerco, dirty, filthy; disgusting
pulgar, thumb
puñado, handful

quejarse, to complain, protest; moan, groan
quemar, to burn
quicio, door-jamb

rábano, radish
rabiosamente, furiously; madly
rajado, cracked, split
ramo, branch; **Domingo de -s,** Palm Sunday
***rango,** rank
raso, satin
raspar, to taste sharp; take coating off mouth
rastro, trail, track
rasurado, shaved, shaven
raya, boundary
rebaño, flock, herd
reblandecido mental, soft in the head; senile
rebotar, to bounce; rebound; ricochet
receloso, suspicious, distrustful
reconocer, to recognise; examine
recurrir, to resort to; fall back on
redondeado, twirled, curled (of moustache)
redondo, round
refrán, proverb, saying
refrendado, endorsed; repeated
regar, to water, irrigate
registrar, to search
relinchar, to neigh, whinny, snort
relleno, stuffed
remangar, to roll up (sleeves, trousers, skirts)
remate, end, tip, top; finishing touch; killing off
reñir, to reprimand; quarrel, fight
reo, accused person or under sentence of death

requinto, small guitar; clarinet
resbalar, to slip (up)
reservarse, to save oneself (for)
resquebrajado, cracked, split
retribuido, paid
reventar, to burst; **- de risa,** burst out/ split one's sides laughing
revolotear, to fly about; circle; hover
revoltoso, mischievous, naughty; rebellious
rezar, to pray
riia, call to urge animals on
riñón, kidney
rizado, curled; fluted, ridged
rociada, shower; spray; hail (of bullets)
rodar, to roll; turn, rotate; *travel
rombo, rhomb (lozenge-shaped object)
romería, pilgrimage; gathering at local shrine
romero, pilgrim; rosemary
ronco, hoarse; harsh, raucous
rondón, de -, unexpectedly; without warning
ronquido, snore, snoring
roquete, surplice (white church vestment)
rosada, frost
rozar, to brush against
roto, broken
rudo, rough
runrún, rumour

sábana, sheet
sacerdote, priest
sacristán, verger, sexton
sagrario, tabernacle (in which consecrated Host is kept)
salaz, salacious, prurient
***salir, -se con la suya,** to get one's own way
saltamontes, grasshopper
saludadora, quack
salvar, to save
salvedad, condition, proviso
sangrar, to bleed
Santísimo, Blessed Sacrament (consecrated Host)
santolio, holy oil
saña, anger, wrath

sastre, tailor
saya, skirt; petticoat
seboso, greasy; filthy
seda, silk
segar, to reap, cut, mow, harvest
sembrar, to sow
semillero, seedbed
seno, bosom
señal, sign; signal
señalar, to mark; point out; -se, to stand out
sesión, salón de -, council chamber
siglo, century
sisa, armhole
*soldado, soldier
solimán, corrosive sublimate (poison)
sonar, to ring; strike, chime; sound; be talked of; blow (nose)
soplo, tip-off, denunciation
*sordo, deaf
sorna, con -, slyly; with humorous sarcasm
sorteo, draw, drawing lots
sotana, cassock
*sucio, dirty
sudar, to sweat
suegra, mother-in-law
suelto, loose
sufragio, intercession for soul in Purgatory
sujetar, to hold (down); subject
suplente, substitute
susurrar, whisper, murmur

tabla, plank, board
tacones, juntar -, to click heels
talares, ropas -, long (heel-length) robes
tambalearse, to totter, reel
tapar, to cover (up)
tarea, job, task
tarima, platform, dais (in front of altar)
techo, ceiling, roof
tejado, roof
temible, fearsome
tempero, correct humidity of soil for planting
tender, to stretch; - la oreja, listen
terciopelo, velvet
terreno, terrain, ground

tesoro, treasure
tía, aunt; old bag (pej.)
tibio, lukewarm; cool, unenthusiastic
tijera, scissors
tinta, saber de buena -, to know on good authority
tío, uncle; fellow, guy (fam.)
tirar, to throw; shoot
tobillo, ankle
tocar, to touch; play (mus.); ring, toll, peal
*toque de queda, curfew
trasgo, goblin
trasto, lumber, junk; stage props
trecho, distance, stretch of the road
tremendo, terrible, dreadful; awesome; awful
*trampa, trap, snare; trick, swindle, fraud
trilla, threshing
triscar, play, gambol, romp
*tronchado, lopped off, split
tropel, mob, crowd, throng; rush, haste
trotona, gadabout
trozo, piece; fragment, snatch
trucha, trout
túmulo, catafalque
turbiedad, confusion; mistiness
tutear, to address as tú (fam.)

*uñas, nails
usanza, usage, custom

vagar, to wander, roam
vara, rod; - de medir, measuring rod, yardstick
vasija, vessel; container
vecindario, neighbourhood; local community, residents
vejatorio, annoying; insulting, humiliating
vendaje, dressing, bandage
*veneno, poison, venom
ventear, to sniff, smell, get the scent
verdugo, executioner; tormentor
verga, rod, stick
*vergüenza, shame
verja, grating, grille; railing
verruga, wart

110

víctima, - **propiciatoria**, sacrificial victim, scapegoat

viento, wind; **tomar el -,** to get the scent

vigilar, to (keep) watch (over)

vinajera, cruet (Mass water and wine)

viña, vineyard

víspera, eve, day/evening before

vítores, cheers

vitrina, display cabinet

volado, blown open; **balcones -s**, overhanging balconies

volar, to fly

voltear, to peal (of bells)

*****yantar**, food

yegua, mare

yunque, anvil

zagal, boy, lad

zalema, fawning

zancajo, heel; midget, dwarf (*pej.*)

zapatero, shoemaker, cobbler

zarza, bramble

zurrapa, dregs; trash; bow-legged, bandy

DUE DATE

Printed
in USA